U0024423

風雲時代

風雲時代

# 帥醫筆記

## 之12 官場詭譎

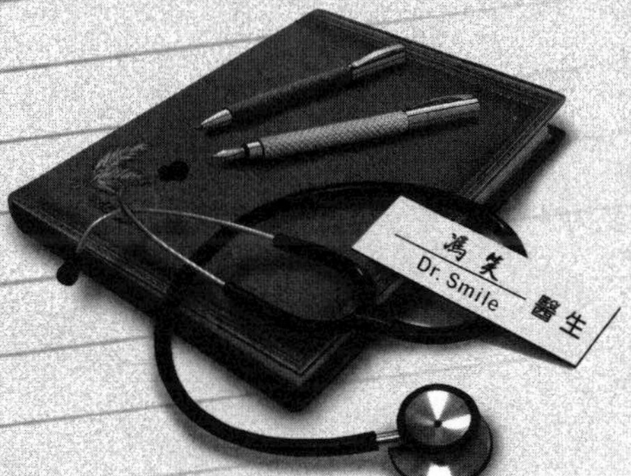


司徒浪◎著

我是一名婦科醫生。

每天，我都會接觸到女人那些難以啟齒的病痛，

我的職責便是為她們解除痛苦。

假如我看她們的笑話，出賣她們的隱私，

將她們的病痛當做閒聊話題，我就是個毫無廉恥的卑鄙小人。

我總認為女人比我們男人乾淨，她們不像我們男人，

為了競爭爾虞我詐，用心計、耍手腕，

她們心地善良單純，我因此本能地對她們產生憐愛。

我覺得女人真是一種奇怪的動物，她們有時候很難讓人理解。

女人的情感，就彷彿是天上飄著的一片雲，來無影去無蹤。

有時候你會覺得她們很變態，真的，她們固執起來的時候真的很變態。

說到底，男人或許是一種極端自私的動物，在他們眼中，只有獵物，沒有女人。

於是，許許多多說不清道不明、不便說也不能說的事情發生了。

而我只能將一切藏在心中，或者，寫入我的筆記……

——馮笑手記

# 目錄



帥醫筆記

第一章

# 重歸於好

但願童瑤和方強能夠重歸於好。
我心裏在祝福。
因為我覺得，他們兩個人其實還是蠻般配的。
更重要的是，他們之間曾經有過純真的感情，
而且現在都還完整地保留著。

我記得童瑤告訴過我，說方強是因為當高速公路員警待遇比較好，才沒有當刑警的。當時她好像有些看不起對方的樣子。對了，她還說他們是同學。

現在看來，似乎並不是那麼一回事。哪有同學之間因為這樣的事而變得如此冷淡的？

從剛才童瑤對方強的態度來看，他們兩個人曾經肯定鬧過什麼不愉快的事情。我覺得，同學之間，特別是男女同學之間，唯有一種情況才會變成這樣，那就是感情上的問題，比如，他們曾經有過愛情。

一定是這樣。我心裏想道。

我對這件事情很感興趣，因為他倆一個是童瑤，還有一個是曾經在高速公路上採用那種特別的方式警告過我的員警。我覺得他倆都很特別。

不過，我不可能現在去打攪他們，因為那樣做太煞風景了。

我按捺著內心的好奇，強迫自己坐在辦公室裏面看書。

半小時後，忽然聽到有人在敲門。

我朝門口處叫了一聲：「請進。」

門口處出現了我們科室的一位護士，「馮主任，有人找你。」

其實，我已經看見了護士身後的方強了，急忙站起來招呼他道：「快請進。」

同時，我對那護士說道：「麻煩你幫這位客人泡杯茶。」

方強並沒有客氣，他一屁股坐在了沙發上面。

我過去坐到了他對面，笑著對他說道：「真巧啊。」

他雙手捧著護士給他的茶杯，「馮醫生，原來你是這裏的主任啊。呵呵！還真巧。」

我不可能直接去觸及他與童瑤的關係問題，「是啊，這個世界有時候就是這麼小。怎麼？你才知道童警官受傷的事情？」

他搖頭，「我以前來過兩次，但是不讓我進去見她。我很擔心。最近聽說可以見了，所以就趕快跑來了。」

我假裝不知道他們之間的關係，「原來你以前就認識她啊？」

他點頭，「我們是同學，警校時候的同學。」

我忽然感覺下面的話不知該怎麼進行下去了，只好問他道：「方警官，你找我有什麼事情嗎？」

他搖頭，「沒事，就是想來和你聊聊。我想不到會在這地方遇到你，真是很有緣。」

我當然不會相信他的話了，不過，嘴裏卻在說道：「是啊，我也這樣覺得。」隨即，我看了看時間，「怎麼樣？我請你吃頓飯怎麼樣？既然這樣有緣，今天，我得盡地主之誼才可以啊。」

「好啊，能夠結交一位醫生朋友，是我的榮幸呢。」他隨即說道。

自從他進來後，我就一直沒看到他的笑臉，現在，我說請他吃飯，他雖然答應了，但是也依然沒有朝我露出一絲的笑意。

我在覺得奇怪的同時，也充滿著好奇，還有一絲的不快：這人！好像我欠他一頓飯似的。

不過，我並沒有發作，因為他畢竟是童瑤的同學，而且，我也知道他有著與常人不大一樣的怪脾氣。

帶著他去到醫院對面的那家酒樓，又碰見了那位風姿綽約的女老闆，她還是像以前那樣的熱情，「馮醫生，你可好久沒有來了。」

我笑道：「如果你再不收我的錢，我就再也不來了。」

「好吧，那我收你的錢就是。今天幾位啊？」她笑道。

「就我們兩個人。」我說，隨即去問方強：「我們坐大廳還是雅間？」

「你是主人，隨便吧。」他說，依然沒有笑容。

我頓時怔住了，隨即對女老闆說道：「這樣吧，我們坐雅間。」

我這樣安排，是因為我感覺方強似乎準備對我說什麼事情，我忽然想到了一點：脾氣再怪的人，也不會在請客的人面前這樣扮酷的。

我們進到了一個小雅間。

我吩咐女老闆隨便給我們安排幾樣特色菜，隨即問方強道：「喝酒嗎？」

「你下午不上班？」他問我道。

「為了陪你，我可以不去。」我說。

「好吧，那我們喝點。」他說。

「來一瓶茅臺吧。」於是，我吩咐女老闆道。

女老闆滿臉笑容地出去了。

方強在看著我，眼神像在看一個怪物似的，「馮醫生，你們當醫生的，是不是都很有錢？」

我心裏頓時不快起來，不過我依然沒有發作，只是淡淡地道：「再窮也請得起一頓飯的。」

他點頭，「看來，你們醫生確實有錢。而且，你的涵養也很不錯，難怪她會喜歡上你。」

這下輪到我吃驚了，「你說什麼？誰喜歡上我了？」

「童瑤，童瑤不是你的女朋友嗎？她自己告訴我的。」他說，臉色很難看。

我一怔，頓時大笑了起來，「怎麼可能？我早就結婚了啊。」

他呆呆地看著我，張大著嘴巴，「你開玩笑的吧？」

我頓時明白他為什麼一直沒有笑臉的原因了，同時也覺得他有些可愛，「方警官，原來你一直對我充滿敵意啊。呵呵！你誤會了。」

他頓時喃喃地道：「原來她是騙我的。」

我看著他，「方警官，你很喜歡童瑤，是不是？」

「那你和她是什麼關係？你這麼直接稱呼她的名字？」他卻這樣問我道。

「如果我說，我和她是很好的朋友，你相信嗎？」我看著他笑。

「你真的結婚了？」他卻問我道。

我發現這個人確實有些奇怪，因為他的思維根本就不能與我合拍。

於是，我在覺得好笑的同時，還是點了點頭，「當然是真的，你可以問我們科室的醫生護士啊。」

「太好了。」他終於擠出了一絲笑容。

不過，現在我卻感到非常的奇怪，「方警官，既然你那麼喜歡她，為什麼直到現在才來找她呢？童瑤那麼漂亮，隨時可以找男朋友的啊，難道你不擔心？」

他搖頭道：「我何嘗不想去找她？可是，她根本就不願意見我啊。我以前一直不擔心她找男朋友的事情，因為我知道，她心裏其實是放不下我的。唉！太好了，馮醫生，我太高興了。剛才她說你是她男朋友的時候，我頓時覺得自己到了世界的末日了，現在好了。」

「可以告訴我嗎？你們以前的事情。說不定我還可以幫幫你呢。」我笑著對他說道，當然，更多的是好奇。

他卻又與我的思維不合拍了，「馮醫生，她為什麼要說你是她的男朋友呢？你們究竟是什麼關係？」

他問完之後，便緊張地看著我。

我搖頭苦笑，「也許她就是順便那麼一說吧，你是員警，難道還不明白她內心對你的不滿？」

現在，我完全可以肯定，童瑤和他之間有過不同尋常的故事了。

他歎息道：「雖然我是員警，但是，我並不懂女人的心啊。」

這時候，女老闆進來了，她親自給我們端來了菜，也拿來了酒。

我對她說：「我和方警官談點事情，麻煩你告訴服務員，不要來打攪我們。」

我故意說出方強的職業，目的是不想她來打攪。

她頓時就明白了，隨即連聲答應。

我給他倒滿了一大杯酒，然後，給我自己也倒上了，同時對他說道：「方警官，如果你可以告訴我你們以前的事情的話，我很想聽聽。因為童瑤是我的好朋友，而且，我也多次勸她儘快去找一位男朋友，她有時候也還比較聽我的。所以，說不定我真的可以幫你呢。」

他端起酒杯來與我碰杯，喝下一大口後，才開始講述他與童瑤曾經發生過的一切。

「我說過，我們是警校時候的同學。警校不准男女生之間談戀愛，但我們還是悄悄地戀愛了，而且，我們愛得是那麼深。本以為畢業工作後，順理成章就可以在一起了，可是誰知道，就在我們畢業前實習的那一年，出了一件大事情。從此，她開始恨我，再也不願意和我見面了。唉！」他說道。

「究竟出了什麼事情？」我問道，心裏更加好奇了。

「我和她一起被分到江南省刑警隊實習，當時，她表哥還是那裏的刑警隊副隊長。」他接著說道。

「錢戰是吧？」我問道。

他詫異地看著我，「你也認識他？」

我頓時發覺自己多嘴了，這樣的多嘴只能再次引起他的懷疑。

於是，我急忙地道：「是，我前妻的案子是他和童瑤在調查。我也是那時候開始認識童瑤的。」

「你前妻？」他詫異地問我道。

我神情黯然，「她已經去世了，我們不說這件事情了吧，好嗎？」

他若有所思的樣子，「看來我真的誤會你了，對不起。」

「你接著說吧。」我說道，忽然對他的故事不感興趣了，因為在不知覺的情況下，他勾起了我內心深處的悲傷來了。

他卻說道：「具體的細節我不能講。有一次，錢隊長帶著我和童瑤一起去執行任務，結果，被我不小心壞了事。童瑤差點因此受到處分。所以，她很生氣。雖然我很內疚，但卻一直覺得，那件事情並不完全是自己的責任，所以，也就不想去給她道歉。再後來，我們畢業後，我堅持要去當高速公路員警，於是她就更生氣了。我和她之間，就變成了現在這個樣子。」

我本來以為他會講出一段精彩的故事出來，誰知道竟然變成了這樣。我看著他，發現他並沒有要繼續細講下去的打算，於是苦笑道：「我不知道你們之間問題的癥結在什麼地方，所以，現在還無法幫助你。」

「我沒想要你幫我，我自己的事情自己去處理。對不起，馮醫生，我這人說話有時候不大令人接受，這壞脾氣改不過來啦。不過我今天很高興，因為我終於知道，她還是一個人。」他說。

「你們這樣拖下去也不是辦法啊？」我說道。

他搖頭，「那還能怎麼辦？其實，今天的事情也是一件好事。本來我是擔心她才來看她的，同時也希望藉此機會和她好好談談。現在看來，她還是不能原諒我。不過，我已經感受到完全失去她的那種痛苦了，這樣也好，也許今後那一天真到來的時候，我會更容易接受一些。」

說實話，現在我都有些看不起自己眼前的這個人了：你這麼喜歡對方就讓步啊？幹嗎非得那麼計較呢？

所以，我後來就沒有興趣再和他說話了，只是陪著他喝完了那瓶酒，也沒再吩咐叫酒來，只問他是不是要吃飯。

他也沒要求再喝酒，隨後吃了一碗飯就放下了筷子。

我去吩咐服務員進來結賬，結果，他卻非得要給錢。

他面紅耳赤地對我說：「馮醫生，今天我很高興，必須我結賬，這事沒得商量。」

我只好罷了，更加覺得這個人奇怪了。

第二天，我去到童瑤病房的時候，她問我道：「昨天方強來找你了？」

我點頭。

「他對你說了些什麼？」她問道。

「你怎麼說我是你男朋友呢？」我問他道，「你不知道，他那樣子，就像要把我吞下去一樣。」

「我在問你呢。你這人，怎麼和他才見一次面，就學會了他那樣答非所問啊？」她頓時不滿地道。

我一怔，頓時笑了起來，「我好像真的被他感染上這毛病了。」

「說啊！」她在瞪著我。

我苦笑，「我還能說什麼？當然是否認和你的那種關係啦。開始他還不相信，不過後來終於相信了。」

「你！」她頓時生氣了。

「童瑤，你想過沒有？他可是員警，要騙他的話也只能騙過他一時。我看得出來他心裏很喜歡你的，而且我也覺得你心裏一直還有他。你們這是何苦呢？既然兩個人心裏都有對方，那麼又有什麼樣的恩怨不能化解呢？」我歎息著說道。

「你沒有問他，我們為什麼會出現這樣的狀況？」她沉默了一會兒後才問我道。

「我問了，可是他說得很簡單，我根本就沒聽明白你們之間到底發生了什麼事情。」我苦笑著說。

「一個男人，連那麼一件事情都不願意負責。你說這樣的男人值得我去愛嗎？」她幽幽地道。

我看著她，「童瑤，我不知道你們之間究竟發生了什麼事情，不過，我感覺得到一點，其實，在你的內心深處，好像並沒有責怪他。不然的話，你也不會到現在都還把他放在心裏，你可能早就有男朋友了。其實，我一直不相信，你這麼漂亮會沒人來追求你。你自己好好想想吧，是不是這樣？」

她不說話了。

我繼續地道：「我不是員警，不過，我可以從你們兩個人的含糊其辭中感覺到，那件事情好像另有真相。因為方強不願意告訴我具體細節，甚至後來，連大框架都不說了。我估計他心裏一直解不開那件事情。童瑤，你好好想想吧，或許你仔細回憶一下當時的情況，會明白的。呵呵！我只是這樣分析。」

我沒有再說什麼，即刻離開了。

因為我知道，員警的事情是我不能去過問的，除非人家願意告訴我。

但願童瑤和方強能夠重歸於好。我心裏在祝福。因為我覺得，他們兩個人其實還是蠻般配的。更重要的是，他們之間曾經有過純真的感情，而且現在都還完整地保留著。

不知道是不是我的祝福起了作用，後來，他們真的和好了。

但是，他們的和好卻掀開了一場驚天大案出來。

整整住滿了一個月的院後，童瑤出院了。她是因公負傷，所以，醫療費用是由她的單位全額支付。

那天，我親自開車送她回家，同時，也趁機在她家裏吃了頓美味。

當我們到了她家樓下時，我發現方強在不遠處站著。

我低聲地對童瑤說：「他在那裏。」

「別理他，我們上去。」童瑤說。

我當然不好意思，於是放下手上的東西，朝方強跑去，「你來了？童瑤出院，我送送她。」

「我想和她說幾句話。」他苦笑著說。

我轉身去看，卻發現童瑤已經不在了，隨即同情地對他道：「慢慢來吧，別著急。女人都很容易被感動的，你慢慢去嘗試就是了。」

他拿出來一個信封，「麻煩你把這個給她。」

我沒有去接，「最好還是你自己找機會親自給她吧。這麼些年過去了……方警官，如果你繼續這樣下去的話，可能她真的就不屬於你了。」

他怔住了，隨即將手縮了回去，歎息道：「你說得對，我改天去找她。」

我笑道：「改什麼天啊？走，幫我拿點東西上去。」

於是，他跟著我上樓。

可是，童瑤看見他之後，臉上卻是一片寒霜，「方強，請你離開，我們家不歡迎你。」

她母親在旁邊批評她道：「瑤瑤，你幹嗎？這是誰啊？」

我也覺得童瑤有些過分了，於是在旁邊說道：「童瑤，如果以前你們有誤會的話，你總得給人家一個解釋的機會啊？」

童瑤說：「好，方強，我給你解釋的機會，如果你不能拿出充分的證據，說明你曾經的那些理由的話，就永遠不要來找我！」

方強說：「好，我一定去找出證據來。童瑤，你知道我為什麼要去高速公路工作嗎？我就是為了找證據啊。」

童瑤冷冷地道：「你找到了嗎？」

「我會找到的。」方強說，隨即轉身離開了。

他離開得那麼堅決，我甚至感受到了他身上的那種堅定的氣息。

「你們啊！」我看著童瑤歎息著說。

「從現在開始，任何人都不准提起這個人的事情，不然的話，我會生氣的。」

童瑤卻如此說道。

後來，她母親幾次想問，但都欲言又止，最後只有變成了長長的歎息。

第二章

# 幻覺？

門被她打開了，她摸索著去開門後的燈，
一霎時，客廳裏面一片明亮。
猛然地，阿珠對我說了一句：
「馮笑，你看沙發上面，媽媽就坐在那裏。你看！」
我朝她手指的地方看去，全身猛然地僵硬，
一種無法用語言描述的恐怖感覺驟然朝我襲來，
我已經處於了一種窒息的狀態……

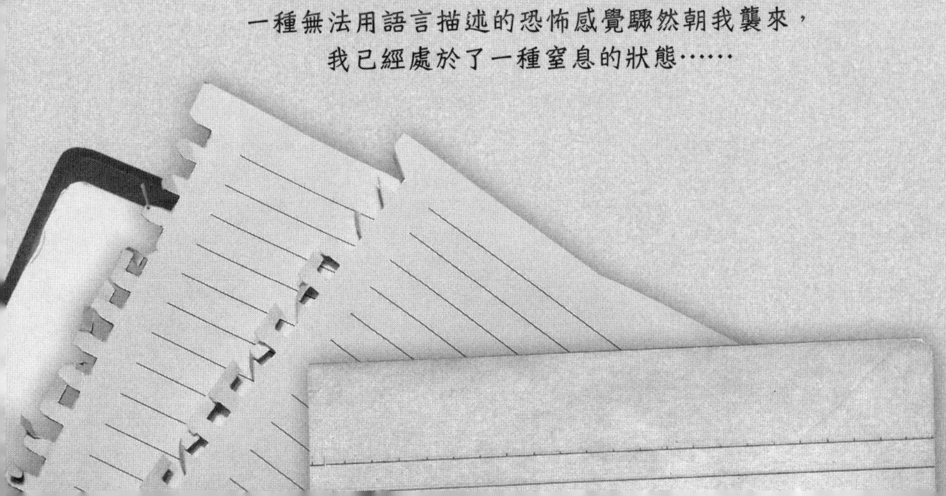

第二天，老太太來找我，「小馮，昨天來的那個人是誰？他和瑤瑤是什麼關係？」

「他是童瑤以前的同學，好像曾經鬧過什麼誤會。」我說道，「阿姨，我倒是覺得他們兩個人蠻般配的。我有預感，今後他們會在一起的。」

老太太頓時笑了起來，「小馮，你為什麼會這樣覺得？」

我笑道：「不是有句俗話嗎？不是冤家不相聚。這男女之間啊，越是這樣，就越說明他們心裏都有對方呢，不然，幹嗎那麼在乎那些事情？」

「是嗎？如果真像你說的這樣就好了。小馮，你真是一個好人。」老太太高興極了。

「不過，阿姨，您現在最好不要去問，更不要去管這件事情。童瑤還有些逆反，您越是去管她，她越反感，與其如此，還不如自然一些的好。俗話說水到渠成，瓜熟蒂落，一切事情都有它的過程，您耐心等待才是。」我又說道。

「小馮，我聽你的。對了，你孩子怎麼樣了？我想抽時間去看看你孩子，可以嗎？前些日子瑤瑤出事情，我整天心神不定的，把這件事情忘了。」她說道。

「阿姨，不用客氣。我家裏有人在專門照顧孩子，保姆過幾天也要來了。」我急忙說道。

「是我想去看看你的孩子。這樣吧，下午你下班的時候我再來，到時候和你一起回去，就這樣說定了啊。」她說，隨即告辭離開了。

我看著她的背影苦笑：這老太太，竟然有著和童瑤一樣的脾氣。

老太太下午還真的來了。她給孩子買了幾套小衣服，還有進口的奶粉。我不住地道謝。

我開車和她一起回家。她看到我的房子的時候，不住驚歎：「你這裏太漂亮了，看來，你們當醫生的真有錢啊。我說呢，怎麼藥費那麼高。」

她的話讓我尷尬不已，卻又不好解釋什麼。

她也發現自己話中的問題了，隨即笑道：「小馮，我沒有別的意思啊。你其實沒賺我的錢，反而還虧了呢。」

我再也忍不住地笑了起來。

蘇華出來了，老太太問我：「這是你妻子？不對呀，不是說……」

我估計她是覺得蘇華不像是保姆的樣子，才這樣說的，於是急忙解釋道：

「她是我學姐，也是醫生，現在幫我照顧孩子和妻子。蘇華，這是童警官的媽媽。」

蘇華熱情地招呼她，隨即給她泡茶。

「去做飯吧，多做幾樣菜。蘇華，最近辛苦你了，你一個人做這麼多的事情。保姆過幾天就來了，到時候你就輕鬆了。」我隨即對蘇華說道。

「馮笑，乾脆這樣，保姆你就不要請了，你把她的那份工資給我得了。」蘇華笑著對我說。

我也笑了起來，說道：「那怎麼行？你可是要去考博士的，不可能在我家裏一直幹下去。我沒有保姆卻不行。怎麼？想讓我給你漲工資？行啊，你說吧，漲多少？」

「現在算起來，一個月有好幾萬了，我很滿足了。」她笑道。

童瑤的母親詫異地看著我們，「這麼多錢？」

我急忙地道：「阿姨，她是身兼數職，拿幾份工資，但卻只幹一樣工作，打工皇帝呢。」

「討厭！我去做飯去了。」蘇華笑著離開了。

老太太也笑了，「小馮，你孩子呢？」

「在臥室裏。」我說，隨即帶她進去，「阿姨，我妻子一直昏迷不醒，所以，我把孩子也放在她身邊，我希望孩子的聲音能夠讓她醒轉過來。」

她去到了陳圓的面前，「小馮，你妻子這麼漂亮啊，可憐啊。」隨即，她轉身去看孩子。

孩子竟然是醒著的，他骨碌碌地在看著我們，竟然還朝她伸出雙手去！

我驚喜萬分，即便孩子可能是一種無意中的動作，但老太太卻高興了，「小馮，這孩子很歡迎我呢，真乖。」

她將孩子從小床上面抱了起來，憐愛地親了一下孩子的小臉。

「小馮，這孩子真乖。唉！不知道我們瑤瑤……呵呵！看來我真是老了，整天都要替瑤瑤操心。」

「遲早的事情，您別著急。」我笑道。

這時候，她的手機響了，我急忙把孩子從她手上接了過來。

她使用的是老年人常用的那種手機，鍵盤字母很大，聲音也很大那種，我可以聽見她手機裏傳出來的聲音。

是童瑤打來的，她在裏面大聲嚷嚷：「媽，您怎麼沒在家啊？我餓死了！」

老太太笑著看了我一眼，隨即對著電話說道：「我在小馮家裏，我來看看他的孩子，你自己在外面隨便吃點吧。」

「我也要來，你讓馮笑接電話。」電話裏的她在說。

老太太把手機遞給了我，嘴裏說道：「這孩子。」

「馮笑，你現在住什麼地方？」童瑤問我道。

「來吧，到我家裏來吃飯。」我笑著對她說，隨即把我家的住址告訴了她。

「我馬上來，你可要多做幾樣菜啊，我很能吃的。」她笑道。

我大笑，「沒問題，我準備了十斤馬鈴薯。」

她也大笑，「討厭！」

老太太慈祥地看著，當我把手機還給她的時候，她說道：「我去幫小蘇做飯。」

我大喜，「太好了，我特別喜歡吃您做菜的味道。」

不多久，童瑤來了。她和她母親一起打量著我的這個家，「馮笑，不錯啊。有錢人的生活真好。」

我怎麼聽都覺得她的話是在調侃我，不過，我只是笑了笑，「童瑤，你喝什麼茶？」

「龍井，你家裏有嗎？」她問我道。

我說：「有的，我馬上去給你泡。」

「還真的有？」她歪著頭看著我，隨即又道：「我不想喝龍井了，我想喝大紅袍。」

我依然微笑，「行。」

她詫異地看了我一眼，「有錢人的生活就是不一樣啊！那你隨便吧，其實，我喝什麼茶都覺得味道是一樣的。」

不知道是怎麼的，我在她面前就是沒有脾氣，於是，依然淡淡地笑了笑，隨即去給她泡了一杯龍井來。

「我去看看你老婆和孩子。」她看也沒看茶杯一眼。

她站在陳圓面前，我看見她在流淚，而我則有些後悔了，因為我覺得不應該讓她們來看她。

我感覺自己可能會被別人認為是故意在展示悲情，甚至還可能被認為是我有意在表露我的善良。而陳圓，則像是被我拿來供人們瞻仰的。

從今往後，我不會再讓人來看望她了。我在心裏對自己說道。

「我們都是不幸的女人。」我聽到童瑤在說。

我覺得她說得有些過了，「童瑤，我們出去吧。」

「一個女人能夠擁有的幸福，她都不能擁有，這是最大的不幸。」她歎息了一聲，隨即走出了臥室。

「馮笑，你這裏這麼多好酒啊，開一瓶茅臺來。」隨後，她看著酒櫃裏面的那些酒說道。

「你才出院，不能喝酒。」我說。

「今天我想喝酒怎麼辦？」她卻這樣說道。

「我陪童警官喝酒。」蘇華說。

「蘇華，你也是醫生，怎麼這樣啊？」我不滿地道。

「我們科室的老胡，你還記得吧？」蘇華問我道，隨即便笑。

「他以前也是這樣，凡是遇見病人就勸告對方不要喝酒。結果有一天，病人請他吃飯，桌上的人都是他勸告過不要喝酒的人，所以就沒人陪他喝酒。他喜歡熱鬧，就說，酒還是可以喝點的。但是大家都說，你不是不讓我們喝酒嘛！老胡就說，那是在醫院裏面說的，出來就不算了。哈哈！結果，大家還是誰都不喝，他自己鬱悶了一晚上。」蘇華笑道。

大家頓時都笑了起來。

我說道：「好吧，這裏不是醫院，我們喝酒吧。」

正說著，忽然聽見有人在敲門，我急忙去打開，詫異地發現，門外站著的竟然是阿珠。

她就站在門外，神情有些扭捏。

我急忙地道：「阿珠，你怎麼來了？吃飯沒有？快進來。」

說實話，我看見她還是很高興的。最近一段時間，我幾乎把她給忘記了，不過，偶爾還是會想起她來。但我不想聯繫她，因為我不希望有些事情進一步發展下去。

當然，我心裏還是對她有些擔心。

所以，當我現在看見她忽然出現在這裏的時候，還是有些驚喜，而且，這種驚喜已經極其自然地流露了出來。

蘇華和童瑤都跑了過來，她們都很高興的樣子，「阿珠，快來喝酒。」

阿珠進屋了，她不好意思地說了一句：「我想來看看孩子。」

「阿珠，我幾次給你打電話，你怎麼都不接？」蘇華問道，責怪的語氣。

她看了我一眼，「有人那麼討厭我，我的臉皮沒那麼厚。」

蘇華笑道：「馮笑是討厭，但是，你不能也不理我啊？」

「你們倆不是一夥的嗎？」阿珠說。

蘇華頓時苦笑。

童瑤來看著我和蘇華，「你們兩個合夥去欺負阿珠啊？這樣不對啊。阿珠，來，今天我們兩個喝他們兩個，我給你報仇。」

阿珠頓時笑了起來。

我這才向童瑤的母親介紹了阿珠，「我導師的女兒。」

老太太咧嘴笑道：「年輕真好。」

桌上有幾樣菜是童瑤母親做的，我一吃就知道了。

阿珠吃了幾口後，忽然哭了。

蘇華急忙去問：「阿珠，你又怎麼了嘛，剛才還好好的，怎麼忽然就哭了？」

「我想起了媽媽……」她抽泣著說，「我很久沒吃到家常菜的味道了。」

我頓時黯然。

童瑤低聲地對她母親說著什麼，老太太隨後輕輕抱住了阿珠，「可憐的孩子，今後經常去我家裏，阿姨給你做好吃的菜。」

我即刻提醒她道：「阿姨，阿珠已經二十多歲了。」

我的意思很明白，因為我不希望阿珠被她當成小孩一樣對待。對於阿珠來說，現在，她最需要的是獨立生活的能力。

「即使是這樣，她在我眼裏也依然是一個孩子。」童瑤的母親笑著說道，隨即歎息，「你們都是可憐的孩子。唉！」

氣氛頓時沉悶起來，童瑤頓時不滿，「媽，您幹什麼啊？本來大家都高高興興的，您看，成這個樣子了。」

老太太頓時不好意思起來，「是我多嘴，你們喝酒吧，我給你們服務。對了，瑤瑤，你可要少喝點啊。」

於是，我們開始喝酒。

酒精這東西就是好，因為它可以在很短的時間裏活躍起氣氛來。我家裏再也沒有了沉悶的氣氛，現在家裏是一片其樂融融。

忽然又聽到有人在敲門，我急忙去打開，門口出現的竟然是上官琴。

「哇！好熱鬧啊！」她笑道，「馮大哥，我來給你拜年。」

我這才看見，她手上提著不少的東西。

「吃飯了沒有？」我急忙將她迎了進來，隨即把她介紹給了桌上的人。

「太好了，我在火車上吃了點東西，還沒吃飽呢。咦？你們在喝酒？我也陪你們喝點。」她高興地道。

「我再去做幾個菜。」童瑤的母親說。

「謝謝阿姨。」我高興地道。

是的，我很高興，因為我發現她到了我這裏，就像回到家裏一樣。

我喜歡這樣的氣氛。

上官琴看著桌上的人，忽然笑了起來，「今天就馮大哥一個男人，我們終於可以欺負你了。來，我們每人敬他一杯。」

我不禁駭然，急忙擺手道：「那怎麼可以？你們可是四個人！」

「誰讓你是男人呢？」童瑤瞪了我一眼後說道。

「就是。」蘇華和阿珠都笑著說。

我嘀咕道：「又不是我自己想要當男人的。」

所有的人都大笑。

這時候，童瑤的手機響了，她急忙接聽，「什麼?!我馬上來。」

「什麼事情？」我問道。

「有件急事，我必須馬上去隊裏。」她說。

「你喝了酒，不會有什麼影響吧？」我擔心地問。

她搖頭，「今天不是我值班，這是突發事件。」

她走了，她母親歎息了許久。

我們也就沒有了酒興，很快就吃完了飯。

隨後，上官琴就向我告辭。

我對她說：「麻煩你送送阿姨。」

「我，我也回去了。」阿珠低聲地說道。

我點頭，「阿珠，你現在還好吧？」

讓我想不到的是，她竟然大哭了起來，「馮笑，我不想住在自己家裏，我每天晚上都會看見媽媽。」

我大駭，背上頓時起了一層雞皮疙瘩。其他的人都低聲驚呼了一聲。

我是學醫的，絕不相信所謂的鬼神之說。但是，忽然聽到阿珠說她每天晚上在家裏都會看見她媽媽，還是不自禁地感到了恐懼。

「你在什麼地方看到你媽媽的？」童瑤的媽媽顫抖著聲音問道。

「你出現了幻覺吧？」蘇華問道，我心裏也正這樣在想。

可是，阿珠卻在搖頭。

所有的人都屏氣了，剛才那種緊張的氣氛，頓時又籠罩在我們的周圍。

我急忙問她：「阿珠，你說說，究竟是怎麼回事？」

「每天晚上我都可以看見她一會兒在沙發上，一會兒進她的房間裏，一會兒又去廚房了，就好像她還活著一樣。我叫她，她又不答應我。」她說。

童瑤的母親猛然地發出了一聲驚呼。

上官琴的臉色早已經變得蒼白。

「阿珠，你肯定有幻覺了。」蘇華忽然大聲地道。

「不，我看得清清楚楚！」阿珠大聲地道。

「阿珠，你得去心理科看看病才行了。」蘇華歎息著說。

「阿姨，上官，你們先走吧。阿珠她最近情緒太緊張了。」我即刻去對她們兩人說道。

我知道，有些事情是會把人嚇壞的。上官琴倒也罷了，童瑤的母親如果被嚇出病來，我可負不起這個責任。

隨即，我給上官琴遞了一個眼神。

她頓時明白了，隨即去對童瑤的母親說道：「阿姨，我們走吧。」

我送她們出門，不住地對老太太表示謝意。

返回到家裏後，蘇華對我說：「馮笑，就讓阿珠搬回來住吧。」

我說：「搬回來住不是不可以，但是，我覺得阿珠現在的狀況不對勁。阿珠，蘇華說得對，你應該去看看心理醫生。你也是學醫的，應該知道自己出了什麼問題。」

「我沒有問題。」阿珠說。

「阿珠，不是我不讓你搬到我這裏來住。」我柔聲地對她說道：「你想過沒有？你不可能一直住在我家裏啊。總有一天你會去獨立地生活，獨自去面對你自己的一切。如果我今天答應了這件事情的話，可能就把你害了，因為這樣一來，你將永遠不能獨立，不能獨自勇敢地面對自己的人生。對了，我最近聽說過一個故事……」

隨即，我把童瑤對我講的那個故事，給她又講了一遍。我覺得，那個故事對阿珠依然起作用。當然，這得從另外一個角度去理解。

「你們不相信我……」她卻頓時哭泣起來。

我和蘇華面面相覷。

「馮笑，你去她家裏看看。不，我和你一起去。阿珠，你在這裏看家。我就不相信了。」蘇華忽然說道。

我覺得她的這個主意有些匪夷所思，頓時猶豫地看著她。

「我們去看看。」蘇華對我說，隨即朝阿珠伸出手去，「把你家的鑰匙給我。」

「不，我一個人在這裏也很害怕。」阿珠哭泣著說。

「你害怕什麼？陳圓和孩子不都在嗎？」蘇華大聲地道。

我頓時覺得阿珠是在說謊，很明顯，她的目的是想搬到我這裏來住。

我的心頓時軟下來，「算了，別說了。阿珠，你明天搬過來吧。」

「馮笑，我沒有反對她搬過來住啊？我的意思是，她現在這種情況很糟糕，因為她已經出現了幻覺。所以，我覺得現在她最需要的是去看醫生。阿珠，你覺得去你們醫院影響不好的話，可以去我們醫院的。哦，已經不是我的醫院了……」蘇華說，說到後面的時候，神情頓時黯然起來。

我看了蘇華一眼，隨即說道：「算了，今天大家都早點休息吧。阿珠，你暫時在這裏住一晚，有什麼事明天再說。」

「我去收拾桌子。」蘇華說。

我點頭，「阿珠，你過來，我問你一點事情。」

隨即，我去到沙發上坐下，阿珠慢慢地走了過來。

我看著她，柔聲地對她說道：「阿珠，坐下啊？你別怪我，我也是為你好。」

她緩緩地坐下了，但是卻不說話。

我問她：「阿珠，你告訴我，剛才你是不是在騙我們？」

「沒有，我真的看見她了。馮笑，你們為什麼不相信我？」她說，含淚欲哭的模樣。

我頓時怔住了，心裏忽然有些緊張起來，因為從她的表情上看，似乎她並不是在騙我，那麼，她的狀況就很可能是蘇華分析的那樣了：她出現了幻覺。

常人偶爾也會出現幻覺，比如在身體極度虛弱或者恐懼的狀況下。但是，阿珠不一樣，她遭受了父母雙雙死亡的打擊，而且，她的心理年齡滯後。所以，我覺得她出現幻覺的原因是有可能的。

一個人身體有什麼疾病並不可怕，因為看得見、摸得著，還可以使用藥物或者手術的手段去進行治療。可是，心理性疾病卻不是這樣，因為患者總是相信她見到的、聽到的或者她腦子裏的感受都是真實的。

人對外界事物的感知完全由大腦控制，而最終得到的意識都是大腦加工過的資訊。如果大腦工作正常，便能正確認知世界，但如果大腦因為某些原因比如缺氧、過勞、疾病、受傷等造成機能紊亂，就不能正確處理感覺器官傳送來的資訊，從而導致加工錯誤，就會產生幻覺。

在我看來，出現幻覺往往就兩種情況，一種是精神分裂症，一種是抑鬱症。精神分裂症需要住院治療，而抑鬱症則只需要進行心理疏導就可以了。

從心理學上去分析阿珠出現的幻覺，也是可以講得通的：她的潛意識肯定期待她父母或者其他人能夠陪著她，這種幻覺的出現與期待的心理有密切關係。一般而言，正常人在殷切盼望、強烈期待、高度緊張情緒影響下，都可能出現某種片斷而瞬逝的幻覺，不過，幻覺一般不能持久。

現在，我倒是覺得蘇華的意見很正確了。

阿珠雖然也是學醫的，但她對精神病學及人的心理問題瞭解得並不多，所以，我覺得目前最需要解決的問題是，讓阿珠明白一件事情：她看到的真的是幻覺。因為只有在這樣的情況下，她才可能去配合治療。而要解決這個問題，辦法其實也很簡單，那就是帶著阿珠去她家裏。如果她看見了她的母親，而我們沒有看見的話，那她就會相信她自己出了問題。

所以，我接著對阿珠說：「這樣吧，我和你去你家裏看看。不是我不相信你。阿珠，我是學醫的，你要讓我相信你的唯一辦法就是親眼看見。怎麼樣？現在我們去你家？」

她猶豫著，一會兒後才微微地點了點頭。

我去給蘇華說了一聲，她點頭，「你這個辦法最好，只要她自己明白是幻覺就好了。明天你帶她去你們醫院心理科治療一下。導師已經不在了，我們要好好幫助阿珠才是。」

我覺得蘇華也是一個重感情的人，她對導師有著一種發自內心的尊重，所以，我才一直覺得她本質上不錯。一個人對自己的親人、師長的態度，可以反映出他內心深處的本性。

我帶著阿珠下樓，然後去開車。

半小時後，我們到了阿珠的家門口處，她在開門。門被她打開了，她摸索著去開門後的燈，一霎時，客廳裏一片明亮。猛然地，阿珠對我說了一句：「馮笑，你看沙發上，媽媽就坐在那裏。你看！」

我朝她手指的地方看去，全身猛然地僵硬，一種無法用語言描述的恐怖感覺驟然朝我襲來，我已經處於了一種窒息的狀態……

我不敢相信自己的眼睛。

剛才，就在我朝著阿珠手指的方向看去的時候，我清晰地看見一個人坐在沙發上，齊耳的短髮，她背對著我，從身形上看，就是導師生前的樣子！

只是，一瞬即逝。

之後，我頓感全身乏力，彷彿全身的力氣在剛才那一刻都被抽光了，頹然地靠在了牆壁上。

「你也看見了？」阿珠輕聲在問我。

我點頭。剛才我看到的那幅圖像，直到此刻還讓我感到震撼，因為它完全顛覆了我固有的世界觀。所以，我不由得開始懷疑：難道我也產生了幻覺？

對，肯定是幻覺。我對自己說。

「阿珠，我們進去吧。是幻覺。」我轉身對她說。

她默默地進到了屋子裏。

我壯著膽子去到剛才看見導師的那個地方。沙發上空空的，什麼也沒有。

我緩緩地坐了下去。阿珠也過來坐下了。

我看著她說：「阿珠，真的可能是幻覺。為什麼呢？第一，我們都是學醫的，不應該相信那些東西的存在。第二，我覺得這件事情可以解釋。因為你內心一直傷痛，潛意識裏不相信自己的媽媽已經離開這個世界。你和你媽媽的感情很深，所以，你才會只看到你的媽媽而看不到你的爸爸。其實，你要知道，作為自己的父母，父親更愛自己的女兒。

「至於我剛才為什麼也出現了幻覺，我覺得可以這樣解釋，那就是：我被你影響了。從心理學的角度上講，就是我被你的潛意識影響了。這也叫做從眾心理，就是說，一個人受到外界人群行為的影響，從而在自己的知覺、判斷、認識上，表現出符合公眾輿論或多數人的行為方式。」

「阿珠，你明白嗎？」我一邊說著一邊分析道。

她搖頭，「我只相信自己看到的。」

「阿珠，你要學會懷疑。一個人只有學會懷疑，才表示他真正成熟了。因為那就表示他不會再人云亦云，才會有自己獨立的思想，才會用獨立的思想去看待這個世界、看待自己周圍的一切。你說是嗎？」我一怔之後，才這樣對她說道。

她不語。

我心裏頓時鬆了一口氣，因為她不說話，就表示已經聽進了我的話。這樣就好，至少她不會再堅持原有的觀點：只相信自己看到的。

於是，我柔聲問她道：「阿珠，你把家裏的東西都檢查完了嗎？有什麼新的發現沒有？」

她搖頭，「沒有。媽媽把存摺都放在了一起，家裏也沒有什麼其他值錢的東西了。」

我點頭，「阿珠，我看這樣，你不想住在這裏，我也理解，那就先在我那裏住一段時間吧。這套房子你要保留也行，想賣掉也可以。我給我岳父說說，打折賣給你一套房子，如果你的錢不夠的話，可以貸款，也可以買一套小戶型。不是我不願意借給你錢，是我覺得，你應該獨立了，不要過於依賴其他人才對。這樣對你才會有好處。你說是不是？」

「這房子是集資建房，可能不好賣。」她低聲地道。

「沒問題的，這套房子畢竟位置比較好，而且在醫院裏面，還是有人願意買來住的。只要不是投資炒房的人，其他的人肯定會買。我想，這房子至少可以賣二十萬吧？」我說。

「我問過醫院了，他們說這是集資建房，個人要賣的話，必須原價賣回給醫院。當時我們集資這套房子，只花費了不到十萬塊錢。」她說道。

「別聽醫院的，我幫你問問，看有什麼辦法沒有。」我說。

現在，我心裏完全明白了：她其實早就想把這套房子賣了。其實我也很理解她，因為她住在這裏，老是因為思戀自己的母親而出現幻覺，這種感受是會讓人難以承受的。

「嗯。」她說道。

「好吧，你收拾一下東西，然後，我們回去。」我對她說道。

她站了起來，隨即去到她的房間拿東西去了。

我想了想，給上官琴打了電話。

「馮笑，那個阿珠說的事情嚇死我了。」她說。

「是幻覺，我正在她家裏呢。」我說道，「想問你一件事，集資房怎麼才可以賣出去？阿珠想把她家裏的這套房子賣了，但是，醫院說，只能按照當初集資的價格賣回給醫院。這樣肯定虧了啊？你說是不是？」

「這很簡單，我幫朋友辦過這樣的事情。集資房其實是有房產證的，說到底就是更換戶主的問題。要操作的話，只需要找一個想要買來住的人就可以了，在雙方談好價格之後，由阿珠寫一份無償贈與對方的聲明就行。這樣一來，阿珠就相當於把房子賣出去了，對方也不擔心今後因為房屋產權扯皮的事情，而且，醫院方面也無話可說。因為對方是買來住的，所以，就不存在還要銷售出去的問題。這樣一來，所有問題就解決了。」她說，說得很詳細。

我頓時明白了，「這個主意太好了。上官，那我想麻煩你幫她找一個買家，好嗎？」

「沒問題的啊，我們馬上還要合作呢。」她笑道。

我當然明白她說的是我們醫院那個專案的事情，隨即說道：「醫院還沒有找我談呢。對了，還有一件事，你們公司在阿珠他們醫院周圍有專案嗎？阿珠想用那筆賣房子的錢，重新買一套小戶型。」

「有倒是有，不過得半年之後才開盤。」她說。

「其他地方呢？有沒有合適的？」我又問道。

「那得她自己去看了才行。買房子是大事情，每個人的標準不一樣，這就如同選擇對象一樣。」她笑著說。

我覺得她的這個比喻很形象，頓時有了和她開玩笑的想法，「那麼上官，你選擇對象的標準是什麼？你好像還沒男朋友吧？我幫你找一個好不好？我們醫院的單身醫生可不少。」

「討厭！我才不要你幫我找呢，好像我嫁不出去似的。」她頓時笑了起來。

我也笑，「開玩笑的，你別介意。」

「這樣吧，明天你讓阿珠來找我，我帶她去看看她們醫院最近的幾個社區。」她說。

「這樣，我問了阿珠再說吧，謝謝你啊。」我說道。

「不用客氣。馮大哥，你膽子真大，竟然真跑到阿珠家裏去了，要是我的話，肯定不敢。」她笑著說。

「我是學醫的呢，怎麼可能相信這些東西？」我頓時笑了起來。

不過，忽然想起前面看到的那一幕，心裏還是有些發毛。

剛剛通完電話，阿珠就出來了，她手上提著一隻皮箱。忽然，我發現她站在那裏不動了，而且，她的雙眼正在看著我這裏。

「阿珠，你怎麼啦？」我詫異地問她道。

「馮笑，媽媽坐在你旁邊。」她說。

我猛地一哆嗦，頓時感覺到大腦裏一片空白，一種極度的恐怖感再次向我襲來，唯一的感覺是，自己身體裏的力氣正在流失，我只有緩緩地側身去看……

這種突如其來的恐懼讓人難以承受。

不過，我發現自己的神經確實夠堅強的，居然還可以轉動自己的身體。

我緩緩地側身去看，頓時頹然地倒在了沙發上……哪裏有什麼啊？我的身旁完全是一片空白。

「你看到了？」阿珠在問。

我身體裏的力氣在慢慢恢復，我氣惱地大叫，其實也是試圖忘記剛才的恐懼，

「沒有，什麼都沒有！」

「她明明在，你看，她正在朝著你笑呢。」阿珠說。

我看著自己身旁的空氣，伸手去撩了一下，「哪裏有什麼？阿珠，你明天必須跟我去醫院看心理科。你給你科室請個假吧，隨便找個理由。」

「你把她嚇跑了。」阿珠說，「媽媽好像很怕你。」

我即刻站了起來，然後朝她走去，隨即站在她的面前，「阿珠，現在你應該明白了吧？這真的是幻覺。明天跟我去醫院好嗎？」

她手上的皮箱掉落在地上，隨即猛然過來將我抱住，「馮笑，我害怕，我好害怕……嗚嗚！」

她的眼淚沾濕了我的臉頰，她將我緊緊擁抱。

我緩緩地伸出雙手去，一隻手輕輕攏住她的腰，另一隻手輕輕在拍打她的後背。我這樣做的目的只是為了讓她有一種安全感，絕沒有絲毫褻瀆她的想法。要知道，這裏是我導師的家。

我竭力讓自己的聲音變得柔和，「阿珠，一切都過去了，明天你就去找上官，她會帶你去看新房子，而且，她也答應幫你賣掉這裏。好了，我們走吧。」

她沒有放開我，一直在哭泣，一直到她的情緒慢慢平靜下來後，才緩緩地鬆開了我。隨後，我提著她的那只皮箱離開了這裏。我知道，從今往後，我們再也不會回到這裏了。我也希望阿珠能夠永遠告別這裏，因為，這是她的傷心之地。

現在我才知道，當初我非得讓她回來的那個決定，是多麼的錯誤。

第三章

# 特殊的利益關係

「小馮，現在我給你談正事。」我即刻坐直了身體。
我知道，即使我和他現在有了特殊的利益關係，
但因此就更應該保持謙虛謹慎。
他畢竟是我的領導，在這樣的情況下，
桀驁不馴不僅顯得小人得志，更是一種不成熟的表現。

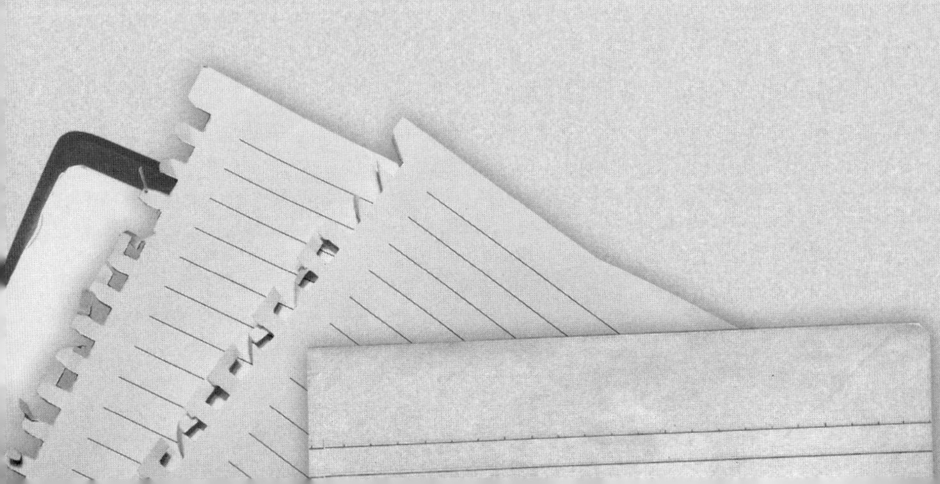

第二天早上，我直接帶阿珠去了我們醫院的心理科。

心理諮詢和診斷很花費時間，所以，我就直接回到了科室。

離開的時候，我提醒阿珠：「一定要給你科室的領導請假。看完後，馬上給我打電話。」

剛剛回到科室，就接到了院辦的電話，「章院長請你去一趟。」

我估計是章院長準備和我談那個專案的事情，不由得想起他女兒的事情來，心裏頓時忐忑不安起來。

不過，還好的是，最近他女兒一直沒與我聯繫，所以，我稍稍覺得安心了些。

他肯定不知道我和他女兒的事情。我心裏這樣安慰自己。

在院辦，章院長笑瞇瞇地看著我。

現在，我有點安心了。

「章院長，您找我有事情？」我問道。

「小馮啊，春節過得怎麼樣啊？」他笑瞇瞇地問我。

我恭敬地回答道：「還可以，反正現在的春節也沒有以前那種熱鬧氛圍了。」

他點頭，「是啊，其實春節反倒麻煩，天天喝酒，很累。對了，最近詩語和你聯繫沒有？」

我心裏猛地一緊，心想：他為什麼問我這個問題？急忙回答道：「沒有。我岳父只交辦我做那件事，我做完了就沒再理了。因為他說，其他的事由他去處理。」

「是這樣，我也就是隨便問問。最近，你岳父給她請了一位專業老師在培訓她，不知道情況怎麼樣了。我問她，她又不說。現在的孩子太叛逆了，沒辦法。」

他搖頭歎息。

我不由得鬆了一口氣，心裏不住苦笑：看來，真是心中有鬼，才會自己嚇自己啊。

於是，我笑道：「章院長，我倒是覺得，她的基礎很不錯。再有我岳父的安排，獲獎肯定沒問題。」

他點頭，「小馮，前面是我們閒聊，現在我給你談正事。」

我即刻坐直了身體。

我知道，即使我和他現在有了特殊的利益關係，但因此就更應該保持謙虛謹慎。他畢竟是我的領導，在這樣的情況下，桀驁不馴不僅顯得小人得志，更是一種不成熟的表現。

「第一件事情，我們院長辦公會已經研究過了，從現在開始，你來擔任婦產科的主任，秋主任完全從你們那裏脫離出來，安心去籌建不育不孕中心了。小馮，其實我們也知道，從工作能力上講，你去籌建那個地方是最合適的，但是又想到，那裏畢竟是一個新的科室，你的經驗和資歷都還差了一點。唉！這也是沒有辦法的辦法。」他說。

我恭敬地道：「我理解。婦產科的工作，我都不知道能不能勝任呢。」

「你沒問題的，你們科室的人都在表揚你呢。對了，你儘快把你們準備開展的其他檢查項目的報告打上來吧，我們抓緊時間研究。不過，只能是小項目，不然的話，其他科室會有意見的。」他笑道。

「太感謝了！」我由衷地道。

「第二件事情。」他微微地點頭，「可能你岳父已經告訴你了，就是我們醫院準備與江南集團合作的事情。這件事情，我們也已經研究過了，準備讓你去擔任那個專案籌備組的負責人。小馮啊，你肩上的擔子很重啊，我們希望你能夠做到身兼數職，但又能夠圓滿地完成任務。幸好你年輕，精力旺盛，工作能力也很強，所以，我們很放心。」

「我儘量做好吧。」我說。

「不，不是儘量，是必須。」他嚴肅地道。

「我一定。」我正色地道。

他的臉色和顏了起來，「我們開會研究這件事的時候，大家一致認為，那個專案由你去負責最合適，因為，只有你才不可能在今後的建設中犯什麼錯誤。大家都知道你很有錢，沒有必要去受賄。哈哈！」

我頓時也笑了起來，「這倒是。」

「所以，我們用你，也是為了保護其他的人。如果讓其他的人去做那件事情的話，說不定就會出問題呢。董主任和蘇華的教訓，很深刻啊。」他繼續地道。

「這一點我完全可以保證，保證不會去受賄。」我說。

「好吧，就這樣。我馬上還有其他的事情，你的這兩個任命文件，我們馬上就會發出來，希望你儘快進入角色，合理安排自己的工作和休息時間。我們相信，你能夠做好所有的工作。對了，還有一件事情，你那個科研專案的事情已經批下來了，省科委給了一百萬的科研經費，學校那邊和醫院共同配套一百萬，一共就是兩百萬。對這樣大型、新型的科研專案來講，經費可能是少了點，但是，如果節約使用的話，應該還沒有大問題。」他又道。

我大喜，「謝謝章院長。」

猛然地，我心裏一動，「章院長，您看這樣行不行？這筆科研經費由您簽字發放，我們需要經費的時候，就給您打報告。」

他卻在搖頭，「那怎麼行？專案的第一責任人是你，只能由你安排那筆資金的使用。這件事情只能這樣。呵呵！到時候，說不定我還要找你報銷經費呢。」

我不禁尷尬起來，「章院長，您開玩笑了。」我隨即站起來，朝他告辭。

他在朝我微笑。

阿珠還沒有打電話來，於是，我再次去到心理科。

「怎麼樣？」我問正在給阿珠診斷的醫生。

「沒有什麼大的問題，估計是前段時間受了刺激引起的。不過，需要進行一段時間的心理疏導治療，有時間的話，進行催眠治療效果最好。」醫生說。

「問題是她還要上班，這怎麼辦？」我問道，同時放心了不少。

「可以利用週末的時間。」醫生說。

我似乎明白了，「乾脆這樣，反正心理治療又不需要什麼儀器，那就麻煩你週末上門服務好了，該怎麼收費就怎麼收費，沒關係的。」

「馮主任，這怎麼好意思呢？」她說。

「真的沒事。我們都是一個醫院的，大家都不容易，我完全理解。就算你幫我這個忙好了。謝謝你。」我說。

「馮主任，你是知道的，心理治療的收費比較貴。國外普通人都會定期去進行心理治療，但是，我們國家在這方面還比較欠缺。當然，這也與文化傳統有關係，因為我們國家很多人認為心理有問題是一件不光彩的事情。其實並不是這樣，我們正常人都會有心理出現異常的時候。所以，心理疏導非常重要。如果這項工作能夠開展到國外那種水準的話，我們的很多社會問題都會解決的。」她說了很多，我當然知道這些話是正確的，不過也明白，她是為了掩飾要收費的尷尬。

於是，我點頭道：「我完全理解。說不定，到時候我也要請你幫我疏導疏導心理呢。」

「這樣吧，大家是熟人，我一次只收費兩百元。每週兩次，週六和周日，堅持一個月。其實最好是每天一次，可惜她要上班。」醫生說。

「晚上也可以的啊，那就每天吧，先做一個療程再說。這樣，我先付你半個月的錢。」我說，隨即去問阿珠，「你覺得呢?這樣行不行?」

阿珠點頭。

於是，我給了醫生三千塊錢，留下了我的住址，然後，帶著阿珠離開了。

這樣的事情在醫院的醫生中經常出現，何況心理科是醫院裏最清水的科室，他們要找額外的收入，我完全理解。

我讓阿珠自己搭車回去了，因為我要馬上回科室，商量接下來要做專案的事情。

這件事情以前早已經商量過，不過，我還是需要再次確定。

大家都沒有什麼新的意見，於是，我說道：「既然這樣，那我就馬上聯繫設備的事情了，如果大家相信我的話。」

大家都笑著說：「馮主任那麼有錢，肯定不會吃回扣，我們當然相信你了。」

於是我也笑。

不過，我發現護士長的臉色好像不大對勁，心裏頓時明白是怎麼回事。

到了我的辦公室之後，我忽然發現，自己心裏對余敏有一種不滿。因為我想到了一件事情：余敏竟然在春節期間，連一個電話都沒有給我打過。

我並不貪圖誰給我拜年或者送東西，但卻很在乎最起碼的人情味。就連上官琴都想到來給我拜年呢，雖然她送給我的也只是些香腸臘肉什麼的，但起碼表示她對我的一種尊重啊。

余敏……我真的猶豫了。

但我還是主動給余敏打了電話。因為我忽然想到她可能是怎麼想的了：或許她認為，她已經是我的女人了，所以就不需要對我講那麼多禮節。由此我想到自己和她在一起的那些情景來，心裏頓時就軟了下來。

「馮大哥。」她的聲音輕輕的，我的心裏更加有了些柔意。

「春節過得好嗎？」我問道。

話說出口後，我才明白，自己心裏還是有些在意她不給我拜年的事情，因為我的這句話其實是在提醒她。

「我在外地，明天才回來。本來想給你拜年的，但想到我來你家不大方便，打電話呢，又覺得很虛假。所以……」她說。

我倒是覺得她的這個解釋可以接受，不過，我還是覺得她在這件事情上做得不好。

於是，我問她道：「你去外地幹什麼？你自己不是已經有公司了嗎？怎麼不趁過年的機會走訪客戶？」

「馮大哥，我，我手上沒多少錢了，所以我……」她說。

我頓時明白了：她是故意在迴避拜年的事情，因為她沒有錢了。我心裏頓時不好受起來，覺得她真不容易。

不過，我還是在批評她，「余敏，你有困難可以找我啊？我給你講一個真實的事情，我一位大學同學，他現在已經是大老闆了，你知道他遇到你這樣的情況是怎麼做的嗎？我告訴你，第一次他賺到一萬塊錢的時候，拿出了九千九百塊錢去送禮，自己留一百塊錢做車費。這樣的人，不想發財都不行。我的話你聽懂了嗎？有些事情迴避是不行的，反而會影響到今後的發展。」

「……馮大哥，我錯了。」她低聲地說。

我在心裏歎息，「你快點回來吧，我們科室馬上要訂設備了，我全部給你做。」

「真的？謝謝馮大哥！」她頓時高興起來。

我腦海裏面頓時浮現出她漂亮的面容來，禁不住也笑了。

余敏第二天回來後，即刻跑到我辦公室來了。

我發現她憔悴了許多。

「怎麼瘦了？」我有些心疼地問她道。

「還不是擔心公司能不能做好？」她說。

「你這樣做，怎麼可能做得好？」我不由得又批評起她來了，「春節，多好的機會啊？怎麼就這樣放棄了？別說你的那些客戶，就是我都對你有看法呢。你至少得給我打個電話，或者發一條簡訊吧？你知道我們中國人對春節有多麼重視嗎？你呀！」

「馮大哥，你別說了。昨天你給我打了電話後，我都後悔死了。」她跺腳道。

我心想：也是，現在再說這些事情又有什麼用處呢？於是，把我們要採購的器械目錄及參數交給了她，「儘快聯繫好，品質不要出任何問題。否則的話，我也不好說話了。」

「謝謝馮大哥。」她高興地接過了單子。

「還有件事情。」我對她說道，同時從抽屜裏拿出一個信封來交給她，「這件事情，我可能要讓護士長負責。你找機會悄悄賄賂她一下。這是五千塊錢，我覺得夠了。當然，我會暗示她照顧你的。」

「馮大哥……」她很感動的樣子。

「看你，別這樣啊。你的事情不就是我的事情嗎？」我柔聲地對她說道。

「嗯。」她說，同時在流淚。

我再次柔聲地對她說道：「快把眼淚揩乾淨，別人看見了不好。對了，你見了護士長後，馬上給我打電話。」

她揩拭了眼淚。

我朝她微笑，「好啦，你去忙吧。」

她離開了。

我打電話讓護士長到我辦公室來。

「護士長，現在醫院讓我兼任分院建設籌備組的負責人，我的精力和時間忙不過來。這次設備採購的事情，可能得請你多做些工作才行。麻煩你了。」我對她說道。

她即刻高興了起來，「馮主任，謝謝你對我的信任。」

我笑道：「我當然信任你了。我想，科室裏的人都會信任你的。我只有兩個原則，一是要快，二是要注意產品的參數和品質。我這裏有幾家公司的報價和資料，你看看。」

我說著，隨即把早已經準備好的資料遞給了她。

「我一定會抓緊時間去瞭解的。」她接了過去後，說道。

「有了初步的意見後，你即刻告訴我，我們再商量。」我隨後吩咐道。

我希望她能夠明白，這件事情的最終決定權依然在我這裏。

「好的。」她答應著，同時，迫不及待地在看我給她的那些資料。

「好吧，就這樣。我馬上要組織醫院專案籌備組的人開個會。這件事情就麻煩你了。」我隨即說道。

籌備組的辦公室設立在醫院的行政樓裏。辦公室有兩間，其中一間是我一個人的。目前，醫院給我配備了五個人。

今天，醫院已經宣佈了對我的任命，所以，我首先要做的就是召集籌備組的人一起開個會，因為接下來馬上就要開展工作，所以，必須儘快安排好每一個人的任務和職責。

辦公室是院辦替我們佈置的，包括裏面的辦公設備。這在醫院還是首次。據說以前，都是自己打報告自己收拾，但是，章院長解釋說，這次的做法，是為了讓我們儘快進入工作的狀態，而且還說，我太忙了。

院辦辦事情的速度當然快了，因為後勤部門不敢得罪他們，而且，這道命令還是章院長親自下達的。

我發現自己的辦公室很不錯，有些章院長辦公室的味道。

不過，我這裏可是新傢俱，看上去可要舒服多了。我在大大的辦公桌後面的旋轉靠背椅上坐了幾分鐘，覺得很愜意，隨後才去到隔壁的辦公室，把自己的那五位手下叫了過來。

我辦公室裏有一套沙發，他們五個人剛剛夠坐。

這五個人分別是從設備處、後勤、基建、護理部、院辦抽調過來的，其中有兩位老同事，還有一位漂亮的小姑娘，她是從護理部抽調過來的，據說是某位副院長的親戚。她叫唐孜。在看到她的第一刻，我不由得想起了莊晴。

其實，從他們每個人以前所在的科室，我就已經明白醫院領導抽調他們來的目的了，這是未來專案建設所需要的各方面人員。

院辦的人當然負責聯繫各個部門的工作，其餘的按部就班就可以了。

不過，這個唐孜卻讓我有些為難起來，最後，我讓她負責文檔保管方面的工作。因為，我估計今後將有大量的文件資料需要報送及保管。

「最近兩天沒什麼事，大家先回去處理好原來科室的相關事情。說白了，就是先放大家兩天假。兩天後，大家就要開始忙了，到時候事情多著呢。」我最後說道。

他們頓時高興起來，放假的事情，誰不喜歡？

「馮主任，你太英明了。有你這樣的領導，我們真是太幸福了。」唐孜說道。

小姑娘白生生的，笑起來臉上兩個酒窩圓嘟嘟的。我這才發現，她是一個馬屁精，不過，我只是笑了笑，但還是覺得，被人拍馬屁的感覺真舒服。

「馮主任，我們籌備組今天開張，是不是應該慶賀一下啊？」唐孜接著又說道。

我這才明白，她拍我馬屁的目的竟然是在這個地方，不過，我覺得她的提議倒是不錯，於是點頭道：「行，晚上我們去吃頓飯，也可以趁此機會互相瞭解一下。今後，我們就是一個團隊了，互相瞭解、緊密合作，非常重要。你們說說，想吃什麼？」

「馮主任你安排就是了。」大家都說。

「馮主任，我們籌備組的經費多不多啊？」唐孜問道。

「吃飯還是沒問題的吧？」我說，我不明白她話中的意思。

「那我們去吃海鮮好不好？」她問道。

我頓時笑了起來，「我們籌備組成立第一天就去大吃海鮮，醫院裏面的人知道了，還不知道會怎麼說呢。這可不行。」

所有的人都笑。

她嘟起了嘴，「沒勁！」

「這樣吧，我們就去吃海鮮，不過，只能是我私人請客。好，就這樣決定了。

晚上六點半，我們去東海海鮮城吃飯。到時候，大家坐我的車去，怎麼樣？」我隨即說道。

「這怎麼行？」其他的四個人說。

我笑道：「沒事，今後我還需要大家的大力支持呢，就算我賄賂一下大家吧。」

「馮主任，你太好了，真是從善如流啊。」小姑娘又開始胡拍馬屁了。

我大笑，「你呀，還不如不拍我馬屁的好，不然，下次我又得請你們吃山珍海味了。」

所有的人都大笑起來。

第四章

# 詭譎多變的官場

「端木雄死了。」
我很是訝異，「什麼時候的事情？」
林易說：「昨天晚上。大約七點時候，他吞金自殺了。這事情你知道了，別對任何人講。有人問你，也裝不知道。官場太複雜，千萬不要捲進去。」

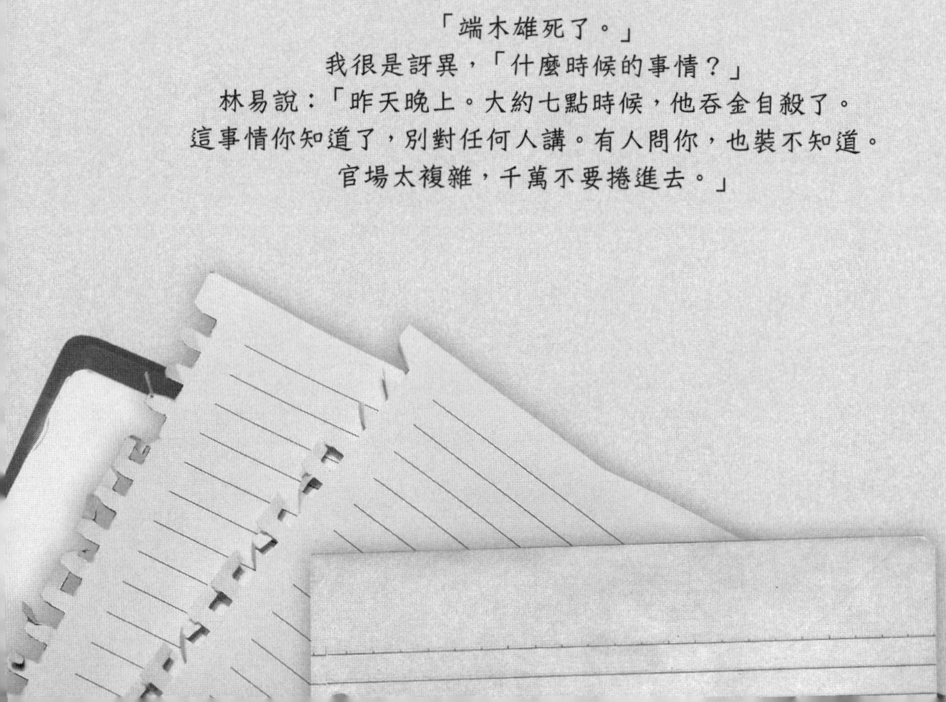

東海海鮮城其實是一艘大客船，客船報廢後，被裝修成了一座酒樓。輪船停靠在濱江路下面的江邊。我以前經常見到，但卻從來沒有去過。這地方一到晚上就燈火輝煌的，豪華得讓很多人望洋興嘆，望船止步。

車可以開到船邊的空地上，這裏就是東海海鮮城的停車場。停下車後，我發現四周都是豪華轎車。看來，到這裏來吃飯的都是有錢人。

沒想到這地方的生意竟然這麼火爆。

我們到了船上後，被告知已經沒有雅間了。

「大廳也行。」我說，心想，既然來了，就不可能走，何況，我們也沒必要非得要雅間。

於是，我們在一張靠船邊的大圓桌處坐了下來。

我不禁感慨道：「現在的酒樓啊，越是高級的，生意就越好。」

「是啊！我一個親戚開了個時裝店，一件衣服標價一百塊錢賣不出去，有人建議他標價兩千，結果，很快就賣出去了。」我們籌備組其中的一位老同事說道。

所有的人都大笑。

「這就是畸形消費。」我說道，「不過，我覺得去買那衣服的肯定是暴發戶。因為他只看價格，不看品牌和品質。」

「馮主任的話說得太對了，有內涵的人可不會只看價格。馮主任，你這件衣服起碼上萬吧？但連標牌都沒有。不懂的人，根本就不知道你這衣服的高級，這才叫有內涵呢。」唐孜說。

今天我穿的是林易給我買的西裝，價格確實很昂貴。我想不到這小丫頭竟然這麼識貨。

不過，我不想在這地方說這樣的事情，不然的話，我就真成了暴發戶了。

於是，我急忙說道：「小唐，我這衣服哪裏有那麼貴啊？就一般的衣服而已。你這小丫頭又拍我馬屁，是不是想讓我一會兒要好酒來啊？」

她即刻朝我豎起了大拇指，「馮主任太英明啦。」

「好吧，你說，想喝什麼酒？」我問道。

猛然地，我覺得自己今天有些得意忘形了，因為在自己手下面前過於露富的話，反而容易引起別人的反感。

於是，我即刻去對其他的人說道：「我在婦產科，一個月有兩萬塊左右的收入，今天就把這個月的工資都吃了吧。沒什麼，算是我懇請大家支持我工作的見面禮吧。大家別客氣，今天不好好斬下我的話，以後這種機會可就不多了啊。」

「馮主任，聽說你們婦產科搞了一個檢測項目，每人每個月的收入就好幾萬呢。你真厲害，是不是今後，也帶著我們發財啊？」後勤來的那個人說道。

隨即，所有人都用期盼的眼神來看我。

我頓時知道自己剛才的擔憂完全沒有必要了，於是笑道：「好，今後大家一起想想辦法。只要有合理合法的掙錢方式，我一定聽你們的。」

「我們哪裏知道什麼辦法啊？還得馮主任你想辦法才行呢。」唐孜說。

我發現這小姑娘的馬屁真厲害，每次都拍得我舒舒服服的，「大家別著急，給我點時間，讓我好好考慮考慮。不過，今天晚上大家都要高興才是，而且，今後一定要注意團結，還要注意保密，不然的話，今後醫院裏的人都想往我們這裏跑，我可受不了。」

所有的人又大笑。

不過這次，我看出他們的笑是最真實舒暢的。

我要的是五糧液，又點了各種海鮮，包括龍蝦、大閘蟹之類的很多菜。

後來，我驚奇地發現，唐孜這小姑娘喝酒竟然非常厲害，在每個人都喝下了半斤酒後，她竟然像沒事人似的。

我駭然地看著她。

她笑道：「馮主任，實話告訴你吧，我到現在，還從來沒有喝醉過。」

在驚訝之餘，我頓時大笑道：「太好了，今天有人替我喝酒啦。」

「沒問題，今後馮主任指向哪裏，我就打向哪裏，刀山火海也在所不辭！」她豪氣地道。

我發現，這個小姑娘還真是別有一番可愛。

後來我喝醉了，不過，我還記得付賬的事情。這頓飯消費了一萬多塊錢，我把手包遞給小唐，「你，幫，幫我去付賬。」

她銀鈴般地笑著去了。

她的酒量真的很大，我們都喝醉了，唯有她一個人清醒。

「車鑰匙給我。」她付賬回來後，朝我伸出手來。

我詫異地看著她，「你，你會開車？」

「除了飛機，我啥都會開。坦克我都開過。」她得意地說。

後來我發現，她開車的技術還真是很不錯，心裏更加高興了，「小唐，太好了，今後喝酒、開車，都靠你了。」

「乾脆我當你秘書得了。」她笑道。

我猛地一驚，酒意頓時少了許多，「我的級別不夠。小唐，別開這樣的玩笑，領導知道了，可不好。」

她大笑。

隨後，她把車上的每一個人一一送回了住處，最後才送我。

我真的醉了，在被車窗外面吹進來的冷風吹拂過後，頓時難受起來。

不過，我還依稀可以記得自己住處的道路，我竭力地睜大著眼睛，指揮她朝我住處開去。

車在我樓下停了下來，我對她說：「你把車開回去吧，這樣安全些。明天我搭車去上班。」

「我是你司機，明天早上，我來接你。」她笑著對我說。

我覺得她的這個提議不錯，隨即下車。可是，卻忽然感覺自己的雙腿沒了力氣，完全不聽自己的使喚了，甚至一下子就摔倒在地上！

她發出了一聲驚叫，隨即下車朝我跑來。

她扶起了我，問道：「馮主任，你沒事吧？」

我止不住一陣噁心，頓時聲嘶力竭地嘔吐了起來。

在我嘔吐的過程中，她一直扶著我。

嘔吐完後，我感覺舒服了些，但依然覺得雙腿沒有多少力氣。

「你回去吧，我慢慢回家去，反正有電梯。」我朝她胡亂地揮手說。

「我送你回去，我得保證你的安全。」她說道，隨即把我的一隻手放到了她的一側肩膀上。這一刻，我心裏猛然地一顫：她的肩膀好瘦弱，就像我曾經摟抱過的莊晴的肩膀一樣……

女人的肩膀，特別是給人以瘦弱感覺的女人的肩膀，對男人來講，是很奇妙的，它很容易讓一個男人產生一種憐惜的感覺。並且，在這種憐惜的基礎上，還很可能會引發起男人內心的綺念。

男人對女人的弱小總是有著一種特有的憐愛，而且，很容易產生呵護的衝動。現在，我的手上就傳來了一種奇異的感受。忽然想起，自己手下是小唐的肩膀。

我這人有個特點，即使喝得再醉，都會有最起碼的清醒。所以，如果說實話，酒後出現問題，其實都是自我放蕩的結果。

一個人很容易在欲望面前麻醉自己，然後縱容自己。但是現在，我沒有了那樣的衝動，因為我還有最起碼的警覺：她是我的手下，我和她並不熟悉，她是領導的親戚，而且，她是在幫助我。

我站住了，將自己的手從她的肩膀上拿了下來，「小唐，我自己回去。」我說著，口齒含混不清。

「馮主任，你醉成這樣子了，我不放心。」她擔憂地道。

「沒事，我坐電梯，很快就到了。謝謝你。」我說。

她忽然笑了起來，「馮主任，你是怕你家裏的人見到我扶你回去吧？」

我沒回答，朝她揮了揮手，歪歪扭扭地就進了電梯間。

車被她開走了，我聽見汽車開走的聲音。

其實，我是竭力在控制著自己的身體，竭力不讓自己摔倒。

我發現，一個人的意志力還是非常強大的，它可以讓我堅持著進到電梯裏，然後，摁下自己所住樓層的按鍵。

下了電梯，我發現自己舉步困難，緩緩地、一步一步地去到自己的家門口……

終於到了，我抬手準備去敲門。

但是，就在這一刻，我忽然感覺自己身體裏面的力氣全都沒有了，最後的感覺就是，自己的身體正在順著防盜門緩緩地下滑……

不知道過了多久，我耳邊聽得有人在叫我。

我睜開了眼睛，發現自己正躺在家門口，身體在屋裏面，雙腳卻在門外。

我莫名其妙地看著我眼前瞠目結舌的阿珠。

「馮笑，你怎麼在門口處睡著了？」她驚詫地問道。

我頓時想起來了，晚上回來的時候，自己還沒敲門就什麼也不知道了。

不過，我對自己現在的情況也很詫異，「我怎麼睡在這地方？」

「你一夜沒回來，我早上醒來後給你打電話，忽然聽到你的電話在門外響，於是就開門。誰知道，門一打開你就倒了進來。嘻嘻！馮笑，你昨天晚上喝醉了？」她說。

我不禁苦笑，急忙從地上爬了起來，尷尬地道：「確實喝多了。咦？天都亮了？幾點鐘了？」

她笑得更歡了，「已經七點鐘啦，真是的。不過你還行，喝那麼多都知道回家。」

我感到全身痠痛，急忙去到洗漱間洗了個熱水澡，我把水放得很燙，希望用水的溫度趕跑自己身體裏的酒精和痠痛感覺，同時，也是為了預防感冒。

洗完澡出來後，我忽然感覺自己的鼻咽有些疼痛，心想：完了。

我每年都會感冒兩次，一次在春季，另一次是初冬時節。很規律。而每次感冒前的症狀就是鼻咽部出現疼痛，然後，感冒就會勢不可擋地來到。我感冒後的症狀會很嚴重，頭昏腦漲，伴隨發燒，同時，鼻炎也會接踵而來。

其實，發燒是好事情，我們學醫的人都知道。發燒是人體的免疫系統在起作用，免疫系統一旦啟動後，就可以產生抗細菌、抗病毒的抗體，而且，我們每個人的身體裏面多多少少都有些病態的、不成熟的細胞，它們與正常細胞爭奪營養，造成免疫力下降。而人體的免疫系統可以殺死病態細胞，特別是在發燒的時候，由於人體的免疫系統快速啟動，人體內的病態細胞往往可以被滌蕩得乾乾淨淨。

所以，我每次感冒的時候總是堅持不吃藥。因為我知道藥物使用過多的害處。正因為我不大使用藥物，所以，一旦使用藥物，效果就相當好。我是醫生，對自己身體的調養會從長遠角度去考慮。一個人的年齡大了之後，各種疾病總是會多一些的。

但是，生病畢竟是身體的一種傷痛，而且最嚴重的是，它會影響工作。現在，我剛剛當上婦產科的主任，還肩負著醫院那個專案的重任，因此，我決定提早啟動治療系統，比如今天就去輸液，這樣，也許能把感冒扼殺在萌芽狀態。

為了工作，我現在必須改變原有的某些習慣了。

吃完早餐出門，聽到阿珠在叫道：「馮笑，等等我，你順便送我去醫院。我馬上就吃完了。」

我忽然想起昨天晚上小唐說要來接我的事情，於是大聲地說了聲：「不行了，我有急事，你自己搭車。」

隨即，我飛快地跑到了電梯口處。幸好電梯剛剛下來，我快速進去，發現身後沒有阿珠的影子後，頓時鬆了一口氣。

出了樓道後，發現自己的車已經在樓下了，唐孜正在駕駛台上朝我笑。

「不好意思，昨天喝多了。對了，我不是讓你們今天休息嗎？你看，都是喝酒造成的。不好意思啊。」上車後，我歉意地對她說道。

「沒事。」她笑道，「馮主任，我發現你這個人和其他的人不大一樣。」

我問道：「有什麼不一樣的？還不是兩隻眼睛一個鼻子？」

她大笑了起來，笑聲好聽極了，「不是，你這人一點架子都沒有。還有，你喝醉之後，很理智。不像有些人，喝醉後滿嘴跑火車。」

我淡淡地笑，心裏卻在想：誰說的？昨天晚上我就差點出問題了。

「馮主任，醫院很多人都在議論你，你知道嗎？」見我不說話，她隨即又道。

我頓時一驚，「都在議論我什麼？」

「說你肯定有背景啊。你這麼年輕就當了婦產科的主任，現在又負責新專案，很多人覺得奇怪。」她回答。

我頓時鬆了一口氣，「你也這樣認為？」

「我當然也覺得奇怪啊。不過，昨天你和我們第一次見面後，我就改變了看法，因為我發現，你很有魅力的。」她笑著說。

「魅力？」我苦笑。

「是啊，你很有魅力的啊，難道你自己不知道？你看，昨天你第一次和大家見面，然後，所有的人就開始服你了。這難道不是你的個人魅力？」她笑著說。

我搖頭，「我們國家就是這樣，上級任命了誰當領導，下面的人不服也不行。不服就是自討苦吃。」

「這倒是。」她笑道，「不過，要讓下面的人真心服氣，就需要魅力了。」

我頓時笑了起來，「小唐，我發現你很會表揚人的嘛。」

確實，從昨天到現在，我發現她讚揚人有一整套，而且，不讓人覺得肉麻。當然，我不能說她是奉承或者拍馬屁什麼的。

「嘻嘻！我媽經常對我說，要多說別人的好話，這樣才會有好人緣。」她笑道。

我也笑，「不錯，這個習慣好。」

「其實也不好。」她卻隨即說道。

我很詫異，「為什麼？」

「以前我這樣經常造成誤會，我那些男同學總是誤會我對他們有意思，氣死我了！」她說。

我一怔，頓時大笑起來。

「你已經結婚了，所以，我不怕。」她也笑了。

結了婚的男人，說不定更容易誤會呢，我心裏想道。

她的車開得很平穩，而且技術嫻熟，即使在車流中穿行，也讓我並不感到有什麼不適。

我問她道：「小唐，你駕駛技術不錯啊，什麼時候學的？」

「我爸爸是司機，所以，我很小的時候就學會了開車。這也叫祖傳的技術吧。」她回答。

「祖傳？哈哈！這怎麼能叫祖傳？」我頓時被她的這個用詞逗笑了。

「那應該叫什麼？」她問道。

「家學淵源。」我說。

「意思都一樣。」她笑道。

我再次大笑，覺得這是我上班路上最愉快的一次。

到了醫院後，她把車鑰匙給了我，「馮主任，你這車開起來好爽，簡直是一種享受。」

我淡淡地笑，「謝謝你來接我。」

「我去辦公室。」她說，「雖然你讓我們休息，但是，我覺得辦公室裏面有人要好些，不然，醫院裏面的領導看見這裏沒人，會覺得我們太散漫了。」

我搖頭，「我倒是不這樣覺得。做事情得有節奏，工作需要的時候就加班加點地幹，沒事情的情況下，就好好休息。反正把事情幹好就行了。我不要求大家整天坐在辦公室裏面聊天看報紙。」

「馮主任，你適合去做生意。」她笑道。

「你覺得我說得不對？」我問她。

「我們是醫院，是國家單位，領導不這樣看問題。他們會覺得你很另類。」她說，「對不起，馮主任，我實話實說。」

我看著她，感歎道：「想不到，你年紀不大，考慮問題倒是很老成。」

「謝謝馮主任的誇獎，我去上班啦。」她歪著頭朝我笑道，然後歡快地、跳躍著跑了。

我看著她的背影，覺得自己好像老了。

今天，我得做幾件事情。一是科室裏面常規的那些事，二是得聯繫鄭大壯。科研專案的事情也必須儘快開展起來了。專案已經批下來了，如果今後出不來成果的話，會鬧笑話的。

第三件事情是，必須馬上與上官琴聯繫，我們需要儘快對那個專案進行溝通，並確定馬上開展工作。

查完房，剛剛開完醫囑，就收到了余敏的簡訊：昨天晚上，我去護士長家了。

我即刻刪掉了簡訊，然後打電話給護士站，「請護士長來一下。對了，你也來，把我才開好的醫囑拿去。」

那位護士是和護士長一起進我辦公室的，我一邊把醫囑遞給那位護士，一邊問護士長：「怎麼樣？設備的問題聯繫得怎麼樣了？」

「聯繫了幾家。你吩咐我瞭解的那幾家，我都聯繫過了。」護士長回答。

「那你說說每一家的情況，最好說出你的意見。」於是，我說道，同時去看了那位護士一眼。

那位護士不好意思地笑了，「馮主任，我先過去了。」

我點頭。

護士長隨即說道：「好像都還不錯，價格上都差不多，不過，符合我們需要的公司只有兩家。」

「你說說你的意見。」我朝她微笑道。

她猶豫了一瞬，隨即說出了兩家公司來，一是余敏以前工作的那家公司，其次就是余敏的公司。

我點頭，「這次呢，最好不要使用上次那家公司的產品，因為我擔心科室的人會覺得我們有關係戶。本來我們並沒有那樣的想法，不過，能夠迴避還是應該迴避一下的好。你說是嗎？」

「我明白了。」她說。

「趕快購買吧，儘快把專案開展起來。對了，前面的那個檢查項目，從這個月開始分紅，過幾天你把賬目拿來我看看。」我隨即說道。

「馮主任，很多錢呢。」她的臉上頓時笑開了花。

「這次大家就不要集資了，就從前面的受益裏面拿出錢去購買設備，免得大家覺得又在掏錢。」我說。

「我把賬目理清楚了，給你過目吧。」她說道。

我點頭，待她出去後我忽然意識到了一個問題：似乎應該安排兩個人監管護士長的有些工作。現在，她一個人管賬，這樣很容易出問題的。

隨即，我給上官琴打電話，「有空嗎？我們找個地方坐坐，我想和你溝通一下專案的事情。」

「最好你到我們公司來一趟，林老闆可能有事情要交代你。」她說。

「我還沒去過你們公司呢，在什麼地方？」我問道。

「你竟然連我們公司都沒來過？還是我們老闆的女婿呢！呵呵！」她頓時笑了起來。

「慚愧。」我苦笑。

「開玩笑的，你馬上過來吧。」她隨即告訴了我地方，又問我道：「你不是說阿珠要來找我嗎？我怎麼沒見到她的人？」

「這件事情以後再說吧，她現正在接受治療。」我回答說。

「真的是幻覺？」她問道。

我笑道：「當然是幻覺了，難道這個世界真的有鬼不成？」

「馮大哥，你這樣說，我就不害怕了。你不知道，這幾天晚上我睡覺都不敢關燈。嚇死我了。」她說。

我大笑。

一個小時後，我開車到了江南集團的總部。

江南集團的總部是一棟氣派非凡的大樓，很現代化的建築，建築的正面是漂亮的玻璃幕牆，而且，大樓前面的停車場也非常寬敞。

我到達的時候，上官琴在那裏等候我。今天她穿著青色的職業裝，頸子上圍有一條花圍巾，有些空姐的風範。看上去很精神，很漂亮。

她一直在朝著我笑，「第一次來，感覺怎麼樣？」

「不錯。」我說。

「真像領導。領導第一次來也都這樣說。」她抿嘴而笑。

我忍不住大笑了起來。

林易的辦公室在大樓的頂層。外側是全落地玻璃窗，整個辦公室看上去簡約而大方，並且，非常的寬敞。

我進去後，頓時有一種輕鬆愉悅的感受。

「馮笑，來，我們去沙發上談。」林易今天穿的是一套西裝，很精神的樣子。

上官琴給我泡了杯茶，隨即對林易道：「老闆，我先出去了。」

林易點頭，隨即蹺起了二郎腿，「馮笑，專案的事情，一會兒你和上官具體談，我只和你說最基本的原則問題。」

我靜靜地聽，同時喝茶。昨天晚上喝酒太多，我有些口渴。

「合同條款我們已經和你們醫院簽署了。現在的問題是，要做好專案前期的工作。一是要打報告給省衛生廳，這個工作必須由你們完成。這裏面包括關於新醫院床位設置、人員編制等內容。最後，還要報省發改委立項。二是概念性設計也要儘快進行，我們不能按照正規的程序走，正規的程序要立項後才開始設計、環境評價、地質勘探等工作，這樣太浪費時間了，我們必須打政策的擦邊球。具體的，一會兒上官和你談。

「第二件事情是我們這邊需要做的，就是共同開發的部分，你們可以不管，因為這裏面太複雜了，你們出面解決不了問題。我們是民營企業，與省裏面那些部門接觸的時候，給紅包、請客吃飯，方便一些……」

他開始給我講整個專案的程序及具體的操作方法。雖然他說他只談原則問題，但我卻覺得，他講得相當詳細。

我以前對這樣的東西是一點都不懂的，但在聽了他的詳細講解後，頓時心裏就有譜了。我心裏不禁感歎：真是隔行如隔山啊，原來搞開發和建設，也有這麼多的學問。

林易講了起碼有一個小時。

我記憶力還不錯，其中的要點已經牢記。

「明白了嗎？」最後，他問我道。

我點頭，「如果你們能夠給我一份辦事流程圖就好了。」

「這很簡單，一會兒你找上官要就是了。」他說。

「行，那我現在就去找她。」我說。

「你等等。」他卻朝我做了一個手勢，說道。

我看著他。

「端木雄死了。」讓我想不到的是，他忽然說出這樣一句話來。

我很是訝異，「什麼時候的事情？」

我是醫生，在醫院裏經常看到病人死亡的場景，職業的原因，讓我對死亡早已經麻木了。但是，自己身邊熟人的死亡，還是讓我感到震驚。

林易回答說：「昨天晚上。大約七點過的時候，他吞金自殺了。馮笑，這件事情你知道就是了，別對任何人講。別人問你，你也裝作不知道的樣子。官場太複雜了，千萬不要捲進去。」

我恍然大悟，現在我才明白，原來他把我叫來的真正目的，是為了告訴我這件事情。

於是，我問道：「你真的沒去給他拜年？」

「拜了。就是請他吃了頓飯，然後，給他送了一件工藝品。雖然值些錢，但這件事情對我沒什麼影響。」他說，隨即又對我道：「馮笑，你別管這件事情了。你就是一個醫生，有些事情捲進去會很麻煩的。」

我點頭。

他朝我笑，「好了，我中午還有個接待，這樣吧，我帶你去上官那裏。現在到吃飯的時間了，你們可以一邊吃飯一邊談事情。就在我們公司裏面吃飯吧，我們的食堂很不錯的，你去感受一下。」

我當然不會說什麼。於是，林易將我帶到上官琴的辦公室，他吩咐道：「你們去下面吃飯，邊吃邊聊。」

隨即，他急匆匆地走了。

第五章

# 無序開採的男人精氣

「你是一個不大自律的人，年輕人，要注意，
男人的精氣是生命的根本，就如同一座山裏面的礦產一樣，
無序開採可是要出大問題的。」他對我說道。
我汗顏無盡，羞愧難當，恨不得從地上找一條縫鑽進去。
我發現，自己在他面前就如同嬰兒一樣，沒有任何的遮掩之物。

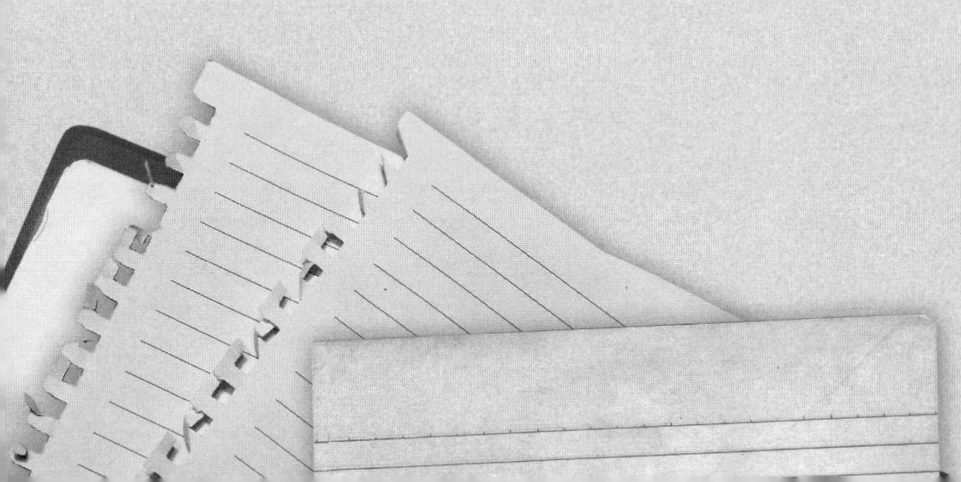

上官琴的辦公室比林易的要小一半，不過，依然整潔漂亮。裏面還有幾盆綠色的植物盆栽，讓這間辦公室多了一些清新感覺。

剛才，我們進去的時候，她正在電腦旁敲打鍵盤，看見林易後，她即刻站了起來，站姿很規範。

林易一離開，她隨即坐了下去，「馮大哥，你先坐兩分鐘，我把手上的資料寫完。」

「你忙吧。一會兒你給我找一份關於專案申報流程的資料。」我說，隨即去到落地玻璃窗旁邊。

這棟樓太高了，從這個地方看下面，讓我感到有些眩暈。不過，從這地方去看這座城市，卻讓人有一種俯視眾生的愜意，這時候，我忽然明白林易為什麼要把他的辦公室設在這頂樓上了。

忽然聽到上官在打電話，「你們馬上給我拿一份專案申報流程資料上來。」我隨即將自己的視線從外邊收了回來，側身去看她，發現她已經放下了電話，笑著對我說道：「馮大哥，我們去吃飯，邊吃邊說。」

「你們食堂有粥嗎？」我問道，因為這時候，我忽然感到自己的胃疼痛起來，我知道這是昨天晚上喝酒造成的。喝粥可以養胃，還對虛弱的身體有幫助，因為大米經慢火久熬後，穀物中的營養物質全部溶於粥水中，再加上粥質地糜爛稀軟，甘淡適口，很容易被人體消化吸收。

「現在是冬天，我們食堂中午沒準備那東西。怎麼？你胃不舒服？」她問我道。

我點頭，「昨天晚上喝多了點，可能傷到胃了。」

「那這樣吧，我們公司旁邊就一家粥店，那裏有各種各樣的粥可以選擇。」她說。

「那裏安靜嗎？」我問道。因為我心裏想著我們要談事情。

「也安靜，也不安靜。」她笑著說。

我不明白她這話是什麼意思，詫異地看著她。

她頓時笑了，「去那裏喝粥的人很少有喝酒的，所以不會大聲吵鬧。但是，喝粥的時候會發出聲音。」

我頓時明白了，於是也笑，「太誇張了吧？喝粥會產生多大的聲音？」

她卻說：「我的家鄉以前很貧窮，那裏的人長年靠喝稀粥度日，因為糧食不夠。所以就有人說了，如果在飛機上面聽見下面出現一片喝粥聲的話，那就一定是廣縣。」

我頓時大笑起來，「原來你是廣縣的人啊。我早就聽說你們那裏的人很喜歡喝粥。想不到竟然那麼厲害，喝粥的聲音在飛機上都可以聽見。」

「你想想，全縣人民在同一時間喝粥，那會是一種什麼情形？肯定是驚天動地啊。」她也大笑。

有人拿來了我需要的資料後，我和她一起坐電梯下樓。我忽然想起林易讓我去這裏食堂吃飯的事情，心想：難道他又有什麼深意不成？於是便對上官琴道：「這樣，你帶我去參觀一下你們的食堂吧。」

「其實我們的食堂很不錯，如果你不是胃痛的話，倒是應該嘗嘗我們這裏的飯菜。」她笑著說，隨後摁了電梯裏面二樓的按鍵。

一出電梯，頓時感受到了食堂的氣息，因為我聞到了飯菜的香味。其中，我肯定今天的菜裏面有回鍋肉，因為回鍋肉特有的香味總是能夠在各種菜品中獨領風騷。

我笑道：「看來你們這裏的師傅手藝不錯，回鍋肉炒得很道地。」

她詫異地看了我一眼，隨即便笑了起來，「這都聞得出來？」

「我上大學的時候，最喜歡吃的就是學校食堂裏面的回鍋肉了，它的氣味已經被我的嗅覺細胞牢牢地記住了。」我笑著回答說。

「看來你以前也是窮學生啊，竟然那麼喜歡吃肥肉。走，我們去看看，今天是不是真的有回鍋肉。」她笑道。

我也笑，「一定有。」

從電梯間轉出去後發現眼前一片開闊，好大的一個食堂！現在還不到中午十二點，食堂裏面空落落的沒多少人。這地方大約有好幾千平米，四周都是不銹鋼桌，桌上是大盆裝的菜。中間是一排排綠色的桌椅，看上去非常壯觀。

她帶著我朝裏面走去，不銹鋼桌後穿著白色工作服的工作人員都在朝她諂笑著，她的臉上卻沒有什麼表情。

我看見桌上的大盆裏面有各種各樣的菜品，葷素都有，色香俱全。果然看到一盆回鍋肉，肥肉裏面的油被熬出去了不少，顯得有些細小，裏面的豆腐乾和蒜苗混合著肉的氣味，奇香撲鼻。

我不由得吞咽了一口唾沫。

「還真有。」她轉身朝我笑，發現了我吞唾沫的動作，「看來你真餓了。」

我有些尷尬，「你們這裏真不錯。」

「每天有數百人在這裏就餐。我們的食堂是企業裏面辦得最好的。」她說。

「不錯，環境很衛生，並不比我們醫院的差。」我由衷地道。

「你在你們醫院吃飯要花錢吧？」她問，帶著我繼續朝裏面走去。

「當然，難道你們這裏的員工吃飯不花錢？」我笑道。

「不花錢，只需要用工作證就可以吃飯了。」她回答。

「都說這個世界沒有免費的午餐，想不到這句話是錯的。」我感歎。

她笑道：「你真會說話。」隨即去推開了一道門，「這裏面是高管吃飯的地方，裏面比較清靜，還有雅間。我們食堂可以接待客人的，菜品的味道不比外面的那些酒樓差。」

現在我才明白，林易為什麼要安排我在這裏吃飯了，因為這裏也有清靜的地方，而且，他對這裏飯菜的味道很自信。

不過，我卻另有感悟：從這個食堂的情況就可以知道，江南集團對自己的員工很不錯，很人性化。還有，這樣的企業似乎已經超出了一般企業的概念了，因為它沒有了剝削與被剝削者那種冷冰冰的關係，反而地，我還看到了一種溫暖的情懷。

參觀完食堂後，我們去到江南集團不遠處的那家粥店。我和她靠窗而坐。我點的是菜粥。她要了皮蛋瘦肉粥。

「來一份回鍋肉？」她笑著問我道。

我笑著搖頭，「我這胃，承受不了那樣油膩的東西。」

「以前，生活艱難的時候，我們什麼都吃，從來沒有吃壞過自己的腸胃。現在生活好了，我們的身體反而嬌貴了。人啊，有時候就是下賤。」她歎息著說。

我覺得確實是這樣。

「出太陽了。」她忽然朝窗外看去。

我急忙側身去看，頓時有了一種欣喜，果然，我看見窗外正灑落一片明媚的陽光。但我卻不禁打了一個寒噤。或許我的身體還不能適應這種突如其來的溫暖感覺。

雖然陽光在窗外，照射不到我的身體，但是，它帶來的溫暖已經浸入我的心田。

還是覺得胃疼，我只吃了一點點粥後，就不能再吃了。

「很難受？」她問我道。

我點頭，「你吃吧。不好意思，讓你跟著我吃這玩意。」

「你還是醫生呢，怎麼這麼不愛惜自己的身體？」她說，語氣裏面帶著責怪。

「沒辦法。」我苦笑，「有時候啊，我覺得自己的這副皮囊，根本就不是自己的。」

「這一點我倒是很有感受。不過，什麼事情都得有個度。馮大哥，你還年輕，可要注意自己的身體啊。」她說。

「我知道，得有個度，但是，一喝起酒來的時候，哪裏還記得什麼度不度的問題了啊？」我苦笑著說。

「唉！」她低聲歎息了一下，隨即便去看著窗外的陽光發呆。

「你吃啊？」我提醒她道。

她將她面前的粥推了一下，「我也不想吃了。」

「不好意思，我影響了你的食欲。」我歉意地道。

她搖頭，「這樣，我簡單把專案的事情和你說說。」

我點頭。

從她介紹的情況中，我大概瞭解到了專案目前的基本情況。其實，她講的與林易前面告訴我的差不多。我們兩家的合作，其實主要還是在共同開發方面。我們這邊出土地，他們出資打造一個社區。

說到底，開發方面和我這個籌備組並沒有多大關係。只不過，在今後的設計上、功能配置上，他們要聽取我們的意見。

其實，這只是一個過程罷了，因為在房地產開發方面，他們才是專家。

「說了半天，其實是我們各幹各的啊？」我笑道。

她卻在搖頭，「也不能這樣說。比如在設計上面，醫院的與社區之間既要和諧，又要相對獨立，所以，設計應該由同一家公司完成。此外，你們醫院希望通過開發產生的利潤完成醫院的建設，也就是說，你們醫院根本就不想在這個專案上有多大的投入。所以，在財務上，我們今後也要相互依託。」

我有些奇怪，「我們醫院為什麼不投入？反正是國家投資啊？」

她詫異地看著我，「你竟然不知道？」

我莫名其妙，「我知道什麼？」

「你們章院長想通過這個專案搞他的政績工程啊。你們學校的校長眼看就要退下去了，他想接替那個位置呢。」她說。

「這樣啊。」我說，心裏不以為然：現在的事情，沒有關係，光靠政績有個屁用！

她似乎明白了我的心思，「你們章院長剛剛當上你們醫院的一把手不久，要想去到醫科大學那邊當校長，難度確實有些大。不過，他還是有一定的背景的，這樣一來，做出政績對他就顯得特別的重要了。」

我這才恍然大悟，心裏不禁想道：想不到章院長竟然有這麼大的企圖。對了，我那個科研專案的事情估計也和他的升遷有關係。一旦我那個科研專案搞成功了，他就又會多了一道光環。想到這裏，我忽然有了一種壓力感。

還有，醫院的這個專案對他來講，可是一舉多得的事情，除了可以體現他的政績，還可以解決他女兒參賽費用問題。

現在的領導真是不簡單。我心裏又想道。

現在，我聽上官琴說了這件事情後，心裏竟然莫名其妙地有些難受起來。我也不知道這是為什麼。於是，我對她說道：「上官，對不起，現在還早，你回你們食堂再去吃點吧。可能這裏的東西不合你的口味。我有些不大舒服，想回去休息一會兒。」

「那好，你早點回去休息吧。你開車有問題嗎？」她問道，聲音柔柔的。

我有些歉意，同時又有些感動，但卻只能把自己的這種感受放在心底裏，隨即招呼服務員結賬。

「我來吧。」她說。

「上官，我們是朋友，不要把我當成客人好嗎？」我說。

她頓時笑了起來，「那我就不爭了，今後都由你結賬吧。」

「公事上還是各算各的啊。」我笑道。

她「咯咯」地笑，「馮大哥，如果你做生意的話，我們就沒飯吃了，你這麼精明啊。」

我也笑，「有一種人，說起來頭頭是道，做起來一事無成。這樣的人古代有馬謖，現今有馮笑。」

「馮大哥，你太好玩了。」她笑著站了起來，「我們走吧。你早些回去，可以多休息一會兒。下午你還要上班吧？」

我也站了起來，歎息道：「是啊，苦命。」

走出粥店，我的雙腳剛剛踏上水泥地，就一跤跌進了陽光裏。我想，我歪倒在地的姿勢應該跟一條懶洋洋躺著的狗差不多。只是，如果我有狗一樣的氣定神閑和無憂無慮就好了，可惜不是這樣。

我想，我更像一個倒地而死的人。

我和上官琴走出粥店，無端端地倒地而死，排除他殺，排除那種從上方落下一顆釘子正巧砸在天靈蓋之類的天災，那還有什麼原因呢？無非就是我生病了……

很奇怪，我摔倒在地的那一瞬間，竟然有了這樣的念頭。

隨即，我聽見耳邊傳來上官琴的驚叫聲。

我感覺到她是來扶我的，試圖把我從水泥地上撈起來。但是，我的體重遠遠大於她的力氣，在經過她幾次努力之後，我依然還是躺在地上。

忽然圍了很多人過來，人們都在看著我，指指點點，卻沒有人想到來幫忙，彷彿我真的是一隻狗，只是他們議論的對象而已。

我心裏頓時生氣了，身體竟然好像有了一種吸力似的，一下就把失去的力氣給吸引回來。然後，我霍然地從地上跳了起來。

「看什麼看！」我氣急敗壞地道。

「看什麼看！」上官琴也生氣了，不過，她生氣的效果要比我好，因為那些圍著我的人頓時都尷尬地散去了。

「你怎麼了？」她在問我，臉上一片憂色。

「不知道，就是覺得忽然沒有了力氣。」我說，頓時感覺自己身體裏的力氣又在流逝，就如同氣球被穿了一個小孔。

「馮大哥，你應該去做一個全面檢查。你是醫生，可能反而不大注意自己的身體。」她對我說道。

「過幾天吧。上官，麻煩你開車把我送回去。謝謝你。」我說，身體在搖晃。

「你的手放在我的肩膀上，我扶你上車。」她說。

我只能這樣。

隨即，我感覺到自己的重量被她承受著，在朝前面走去。不過，我對她的肩膀沒有了任何的綺念，因為，我所有的注意力都已經放回了自己的身體裏。

她扶我上到了副駕駛的位置上面，我感覺自己的力氣差不多都沒有了。而就在這時候，我聽到她對我說道：「馮大哥，把你的手鬆開。」

於是，我去看自己手，頓時尷尬起來，因為我發現自己的右手正環過她的頸部，緊緊地抓在她的右胸上！

在上官琴扶我的過程中，我為了讓自己能夠挪動身體，使出了全身的力氣去支撐，我的手環過了她的肩膀，無意中抓住了她的衣服。可是沒想到，自己所抓住的竟然是她的那個地方。

「對不起，我不是有意的。」現在，當我發現這尷尬的情狀後，我急忙朝她道歉。

我說的是真的，因為自己剛才真的沒有注意到自己手上傳來的那種柔軟的感覺。

她的臉緋紅，隨即鬆開了我，然後將安全帶替我繫上，這才去到駕駛座上。

她緩緩地將車駛到馬路上面。

車上的情狀有些尷尬，所以，我們都不說話。

我感覺到時間有些漫長。這種尷尬靜默的狀態持續了足足五分鐘。

後來，還是她先打破了這種狀態，她忽然笑了起來，「馮大哥，你別尷尬，我知道你是無意的。」

我頓時輕鬆了，即刻閉上眼。

我太虛弱了，很想睡一覺。

在我睡著前，我聽見她繼續在說道：「馮大哥，你得馬上去檢查一下……」

我只感覺到她的聲音越來越遙遠，而黑暗早已經鋪天蓋地朝我襲來。

醒來後，我發現自己在一個陌生的環境裏，眼前是上官關心的眼神。

我問道：「我這是在哪裏？好像不是我家裏啊？」

「這是省第一人民醫院。你上車後就睡著了，我叫你叫不醒，很擔心你的狀況，這裏最近，就把你拉過來了。醫生說你的身體太虛弱了，給你輸了液。」她回答說。

「現在是什麼時間了？」我問道，同時覺得自己身體的力氣回來了不少。

「你看看外面？」她笑。

我這才發現，窗外已經是黑夜，外面是夜晚中的燈光。

「唉！我把下午的事情給耽擱了。」我說。

她頓時笑了起來，「工作是做不完的。你看，我不也一樣沒上班嗎？」

我當然明白她話中的意思，「謝謝你，不好意思。」

「沒事，我給林老闆請了假的。他很忙，不然就來看你了。對了，他讓我對你講一件事情。他說你家裏的事情太多了，在醫院裏的事情也很忙，問你是不是考慮放棄負責醫院專案的事情。」她隨即對我說道。

我想了想，覺得自己的精力實在有些顧不過來，於是點頭道：「這樣當然最好了。不過，醫院才下達了任命文件，我這時候提出來不幹的話，不大好吧？」

「這倒是一件小事情。」她頓時笑了起來，「人靠兩張嘴皮說話，你們醫院的領導會有理由的。這件事情你就不要管了，只要你決定了，剩下的就不關你的事情了。」

我想也是，於是微微點頭。

「現在好些了吧？」她問道。

我點頭，「麻煩你去把值班醫生叫來，好嗎？」

她疑惑地看了我一眼，還是去了。

值班醫生很快就來了，是一位年輕小夥子。

我問他：「我是什麼問題？麻煩你告訴我。我也是醫生。」

他說：「從西醫的角度來講，你的身體太虛弱了。我們沒有檢查出其他具體的什麼問題，就只給你輸了點氨基酸之類的可以提供能量的藥物。」

我頓時放心了許多，不過，我還是覺得有些不大對勁：以前我不也喝酒嗎？怎麼沒有像這次這樣？

「你是醫生，你應該知道我們西醫的局限性吧？」值班醫生接下來說，「我倒是建議你去看看中醫。」

我點頭，「既然你們沒檢查出什麼問題，我也覺得自己好多了，那麼，我可以出院了吧？」

「這是急診留察室，你隨時可以離開。」他笑道。

「謝謝！」我說。

「給你一個建議，我們省中醫研究所的陶大夫很不錯，你可以去找他給你看看。呵呵！我倒是摸了你的脈象，不過，我拿不準。」他說。

我很詫異，「你也懂中醫？」

「我父親是搞中醫的，我曾經學過一點。」他說。

「那你說說，我可能是什麼問題？」我問道。

可是，他卻看了上官琴一眼後，就不再說話了。

上官琴很敏感，她明顯看出值班醫生的欲言又止，隨即說道：「我去結賬。」

我急忙把錢包拿出來遞給她，「謝謝！不能讓你掏錢。」

她看了我一眼，接過我的錢包後出去了。

「我還以為是你女朋友呢。」值班醫生說。

「同事。」我急忙地道，「那麻煩你現在說說吧，我究竟是什麼問題？」

「我拿不準，畢竟我不是專業的。不過，我覺得你是有些腎虛。你最近可能房事過多，又喝酒過量，所以導致你出現了這樣的狀況。呵呵！我只是看在我們是同行的分上，對你說實話，不一定準確。」他說道。

我頓時尷尬起來，「怎麼會呢？」

「你最好去看看中醫，這樣對你的身體可能更有好處。」他說，「對了，你最好臥床好好休息幾天，你太虛弱了。」

「謝謝。」我說。我心裏很清楚，他說的可能很正確。

不過，我不可能確認他的判斷。

上官琴送我回家，在車上的時候，她問我道：「那個醫生神秘兮兮的幹什麼？

你究竟是什麼問題？」

我想了想後說：「這個人是半桶水，自以為會中醫。他竟然說我腎虛，可笑。」

她頓時不說話了，一會兒後才說了句：「確實可笑。」

其實，我是這樣想的：與其什麼都不說，還不如說實話，因為那位值班醫生明顯是在迴避她，明顯是讓她知道我的問題不宜讓她知道。而現在，她已經問了出來，這就說明，她很好奇。所以，我說出實話反而是最好的，至於信不信，就是她自己的事情了。

她是林易的助手，與施燕妮的關係也不錯，所以我覺得，過於隱瞞反而會讓她懷疑。

可是，讓我想不到的是，這樣一來，得到的回應卻是她莫名其妙的一句話，她也說了一句「確實可笑」。

我不明白她話中的意思，也不好問她，於是只好選擇沉默。

可是，她卻一直沒說話，一直到把我送到家的樓下，都沒有再說這件事情。

最後，她只是對我說了句：「好好休息。」

「不好意思，耽誤你了。而且，這麼晚了，你還沒吃飯。」我說。

「改天你請我吧。」她說著，朝我笑了笑後，離開了。

我回家便倒頭就睡。蘇華和阿珠來問我怎麼了，我說不舒服，別打攪我。

蘇華卻沒那麼聽話，非得來刨根問底。

我只好說：「我的胃難受。」

「冰箱裏面有優酪乳，你喝了再睡。」蘇華說著，不管我答應不答應，就拿了一瓶優酪乳來，逼著我喝下。

喝下優酪乳後，我全身還是難受，於是用被子蒙著腦袋睡去。

第二天，章院長就找我去談話了。

「聽說你生病了？」他問我道。

我點頭，「最近太忙了。」

「你岳父給我打了電話。」他看著我說，「我很理解你目前的狀況。這樣吧，醫院專案的事情，你暫時就別管了。我看這樣，你還是掛一個副組長的職務，我們另外安排一個人去具體負責。如果需要的話，你就從中協調一下，平常你啥也不管就是。」

我搖頭道：「我確實精力有限，既然不管那件事情了，最好完全脫出來。不過，這件事情我很不好意思，畢竟醫院的文剛剛下發。」

「那倒是小事情。」他笑道，「這樣吧，你給我寫一份申請，就說自己的工作太多，不但要負責婦產科的工作，手上還有一個馬上要開展的科研專案，實在無法兼任醫院專案的工作，這樣，我就好在會上提出來研究啦。」

我連聲稱謝，同時說道：「我馬上就去寫。」

其實，我答應不負責那個專案的根本原因，倒並不是什麼沒空或者精力有限，而是因為兩個另外的原因：一是我覺得，自己根本不熟悉專案運作的程序，所以就產生了畏難的情緒。二是因為，這件事情是林易首先提出來的，是他通過上官琴來問我是不是不要再去管那件事情的，我覺得他的考慮肯定有他的道理。

現在，端木雄已經出了事情，我隱隱覺得，這件事情和林易多多少少還是有些關係的，所以我想，林易的考慮，肯定不是空穴來風的事情。

我發現，自己已經慢慢地對林易有了一種依靠感，凡是他提出來的事情，我都會認真仔細地去考慮。總之，我變得有些敏感起來了。

當然，我的內心也不想去幹那件事情了，因為我確實需要更多的時間去辦其他的事情。而且，在上官琴告訴我章院長做那個專案的意圖之後，我心裏忽然就有些膩味起來。因為我覺得，章院長今後當不當學校那邊的校長，和我沒有多大的關係，我完全沒有必要為了他的事，把自己搞得那麼辛苦。

科研專案的事情我已經讓步了，還有他女兒的事情，我也出了力。這就夠了。

從章院長的辦公室出來後，我頓時有了一種解脫的輕鬆感。忽然想起那位值班醫生給我的那個提議，於是，我直接開車出了醫院。

我們醫院的中醫科其實也不錯，但是，我不想讓本院的醫生知道我的病情，畢竟那是一件不光彩的事情，而且，我們醫院很多人都知道我的家庭情況，如果真的被診脈出是腎虛的話，影響可就不好了。

在去往省中醫研究所的路上，我接到了兩個電話，一個電話是余敏打來的，她告訴我說，護士長已經找她了，決定使用她公司的產品，「合同得由你簽字，你看什麼時候有空？」

「我馬上去中醫研究所。你把合同拿到那裏來我簽吧。」我想了想後說道。

她連聲答應。

隨後就接到了丁香的電話，「我回來了，學校馬上要開學了。我給你帶的香腸、臘肉，你什麼時候有空啊？我給你拿過來。」

「你自己留著吃吧。我家裏有呢。」我說。

「你沒把我當朋友！」她說，聽語氣便覺得她很不高興。

「不是，我是覺得很麻煩你。」我急忙地解釋。

「看來，你真的沒把我當朋友。」她的聲音忽然小了起來，我這才感覺到，她真的是生氣了，急忙地道：「丁香，真的不是。這樣吧，今天我不大舒服，明天我給你打電話。」

「好，正好明天是週末。」她這才高興了起來。

中醫研究所的病人並不多，而且，顯得有些冷清。

我不禁歎息：現在的人都很浮躁，相信中醫的人也越來越少了。

而我對中醫有著一種崇敬的心態，因為我敬畏於它的博大精深。

記得我碩士畢業答辯的時候，一位教授向我提出了一個與答辯內容沒多大關係的問題，「中醫和西醫有什麼區別？」

當時我回答說：「診斷和治療都不同。」

他卻搖頭說道：「其實，中西醫沒區別，都是為了治病救人。中醫講究博采眾方。這裏的方，不只指方劑，也指治療方法。西醫有它的優勢，但是中醫也不要妄自菲薄，我輩行醫重在精誠，醫術要高明，但醫德也很重要。」

所以，有時候，我真的覺得上一輩的專家們就是不一樣，他們把醫德看得比什麼都重要。可惜的是，現在這樣的好醫生越來越少了。

中醫研究所的陶醫生診室外面排起了長隊。這是這地方唯一的一道風景線。

余敏來的時候，我正好在排隊。

她詫異地問我道：「你怎麼跑到這地方來看病了？」

我說：「我最近覺得身體不大對勁，想來看看中醫調理一下。對了，給我吧。」

她隨即把合同拿了出來，我看過之後，簽上了自己的名字，然後交還給了她，「抓緊時間去辦。」

「晚上有空嗎？我請你吃頓飯吧。」她說。

我搖頭，「最近我準備謝絕一切的應酬。」

「怎麼？你身體真的有問題了？」她問道，眼神裏面全是擔心。

「我想好好調理一下，最近太忙了。好了，就這樣吧。」我說，不想在這樣的地方和她多說話。

「明天是週末，我們去郊外玩可以嗎？」她卻繼續問我道。

「不行，我走不開。你快回去吧，趁週末的時間，抓緊把產品準備好，儘快拿到醫院去安裝好。免得夜長夢多。現在醫院裏面很複雜，不要以為簽了合同就萬事大吉了。」我提醒她道。

她這才離開了。

我發現她做生意實在不行，心裏不禁歎息：有時候，漂亮的女人其實很笨。

終於輪到我了。這位中醫專家六十歲左右的年紀，一頭銀絲，面容卻如同嬰兒般的紅潤。童顏鶴髮這個詞是對他最好的描述。

「把你的左手給我。」我進去後，他對我說話，聲音很慈祥。我有些奇怪，因為在我的印象中，中醫是講究「望聞問切」的，把脈應該是最後的程序。

不過，我還是把自己的左手給了他。

他開始給我把脈。我感覺到自己手腕處，他的手指在微微地顫動，同時看見他的眼睛已經閉上了。

「前天晚上你喝酒了吧？昨天昏迷了一次是嗎？」我正胡思亂想，卻聽到他忽然在問我道。

我大吃一驚，心裏駭異非常：想不到他的醫術精妙如斯！

在他問出第一句話的時候，我對他的崇敬之心頓時油然而生，嘴裏即刻應道：

「是。」

「你是一個不大自律的人，年輕人，要注意，男人的精氣是生命的根本，就如同一座山裏面的礦產一樣，無序開採可是要出大問題的。」他對我說道。

我汗顏無盡，羞愧難當，恨不得從地上找一條縫鑽進去。我發現，自己在他面前就如同嬰兒一樣，沒有任何的遮掩之物。

第六章

# 另一種意味

「總應該先見面吧？不然，你們怎知道合不合適？」我笑著說。
「有心為善，雖善不賞。無心為惡，雖惡不罰。
你是有心想積陰德，所以，即使我們成了，
上天也不會獎賞你的。這對你多不划算啊？」她大笑道。
「你們覺得合適就行，我無所謂。」我覺得她的話有些刁鑽。
「我明白了，原來你無所謂。」她卻如此說道。
我頓時一怔，竟然不知道該說什麼好了。
因為，我從她的話裏面，聽出了另外一種意味。

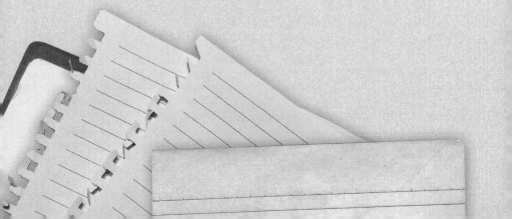

第二天，我完全忘記給丁香打電話的事情了，一直睡到上午十點醒來後，才發現手機上面她的未接電話。

「對不起，睡著了。」我說。

「你還說給我打電話呢。」她的聲音裏透出一種不高興。

「你在什麼地方？我馬上過來吧。」我歉意地道。

「我給你拜年啊，我到你家裏來吧，方便嗎？」她問。

我想也沒想地就說：「不方便。」

她沉默了一會兒後才說道：「那好吧，你到我們學校來。你到了學校的大門口處，給我打電話。」

我隨即起床，覺得今天舒服多了，甚至還有一種神清氣爽的感覺，心裏很是感激那位中醫專家。

昨天，他給我診脈之後，問了我幾個問題，同時教育了我一番。

我唯唯諾諾地應答著，心裏羞愧萬分。

後來，他告訴我說：「你的身體很不錯，自我修復能力比較強。就如同一座礦山，雖然因為局部的無序開採導致了塌方，但是，礦山深處還是有很多資源的。」

「年輕人，身體是你自己的，你自己不愛惜，別人是沒辦法的。」他最後說，隨即吩咐護士叫下一個病人。

我很詫異，「您怎麼不給我開藥？」

「一分藥一分毒。能夠不使用藥物，就最好不要使用。我說了，你的身體潛能比較好。下一個！」他說，隨即不再理會我。

我是醫生，很不習慣他這種方式，心想，哪有當醫生不開藥的？於是，壯著膽子又問了一句：「陶老師，您可要給我一個建議嗎？我也是醫生，不過是西醫。」

「你也是醫生？」他看著我，隨即歎息，「現在的醫生啊……好吧，我送你一句話，多到郊外去走走。」

隨後，他再也不理我了，而且，下一個病人已經進來了。

我只好離開，心裏不住嗟歎：真是一個怪脾氣的專家。

現在，我忽然覺得很奇怪，因為我發現，我身邊的女人很少管我。以前的趙夢蕾是這樣，後來的陳圓也是如此，現在，蘇華和阿珠也對我的行蹤很少過問。

我想，可能是我這個人平常太嚴肅了，而且太過不受束縛，所以，她們覺得即使管我也沒有什麼用處。

不過，蘇華確實把陳圓和孩子照顧得很好，這才是我可以隨時安排自己時間的關鍵。

所以，我心裏對她還是非常感激的。

到了丁香學校的大門口，我給她打了電話，她說請我把車開進去，一直沿著右邊走，走到一棵大黃果樹就可以看到她了。

我隨即開車進入了校門，果然，我遠遠地就看見了那棵黃果樹下面的她。她的身旁有一個大大的編織袋。

「我父母做的，你拿去嘗嘗，味道很不錯。」她對我說。

我看著地上的編織袋，「太多了，我一樣拿點就是。你一個人，更需要這東西。」

「我還有呢。」她說。

我頓時笑了起來，「你把你家裏的香腸、臘肉都搬完了吧？」

「我爸媽知道我喜歡吃他們做的東西，所以，每年都會做很多。」她笑著說。

我不禁歎息：「可憐天下父母心啊。」

「好好的，你說這樣的話幹嗎？你這不是想讓我傷感嗎？」她頓時不高興起來，「快把你的後車廂打開。」

我將東西放上車後，向她告辭，她卻對我說道：「怎麼？今天你還很忙？不上我那裏去坐坐？」

「難得一個週末，我想好好休息一下。」我說。

「我又沒讓你去給我搬煤氣罐，到我那裏喝杯茶總可以吧？」她笑著對我說道。

我覺得也是，既然到了她這裏，如果不去她那裏坐坐，實在說不過去，但是，我又有些擔心，因為我知道自己的弱點。

正為難間，我忽然想起昨天那位中醫專家的話來，於是對她說道：「丁香，如果你有空的話，就陪我去郊區走走吧。」

她頓時高興起來，「好啊，太好了。」

我喜歡上了眼前這個地方。就在郊外江邊一座光禿禿的山上，有一間石頭房子，前院圍了稀疏的幾竿青竹，後院有一條細小的溪溝，接了山泉的一脈分支，叮咚、叮咚流下山去。

其實，這地方是丁香發現的，從她的學校出來的時候，她就直接坐上了駕駛台，「我來開開你的好車，感受感受有錢人的感覺。」

我笑了笑，沒說什麼。

她隨即開車出城，走的是距離郊外最近的方向。有時候，我覺得很多偶然還是有它的合理性的，比如今天，當丁香剛剛把車開出城的時候，我就發現了那座小山，還有小山上的那個石屋。

她說：「那地方好像不錯，而且還有公路通上去。你這是越野車，應該沒問題的。」

本來就是出來散心和玩的，我當然不會反對她的提議，於是我說道：「方向盤在你手上，隨便你往什麼地方開。」

於是，我們很快就來到了這座石屋前面。

當然，石屋距離公路還有一段距離，不過，車停在上山的馬路邊，走到這裏也就幾分鐘的事情。

我頓時喜歡上了這裏，因為它給了我一種世外桃源的感覺。

石屋裏面沒有人，而且，看上去好像是一處早已經廢置的地方。我在石屋的四周轉了一圈後，回來對丁香說道：「這地方打理出來會很不錯的。再壘一間屋子做飯燒茶，前後再種上些青竹樹木什麼的。既遠離了城市，又沒有離開城市太遠，真不錯。」

「你想搬到這裏來住？」她問我道，一臉的詫異。

我淡淡地笑，「說說而已。」

這天一直是她在開車，看到好的風景，我們便停下車來看看，然後閒聊一會兒，隨後又朝前開。一直到一個小鎮上，我們才感覺到肚子餓了。隨即，我們在小鎮上吃了點東西。

「怎麼辦？繼續朝前呢，還是回去？」吃完飯後，她問我道。

「回去吧，現在回去差不多天黑了，我家裏還一攤子事情。」我說。

「今天我太高興了。」她說，「今後能夠經常這樣出來玩就好了。」

我忽然想起一件事情來，「丁香，我給你介紹一位男朋友怎麼樣？」

她怔了一下，隨即問我道：「誰啊？你怎麼忽然想起這件事情來？」

「我中學時候的一位同學，人大的碩士，現在是正處級幹部，身居要職。你覺得怎麼樣？」我回答道。

「為什麼他到現在還沒結婚？」她詫異地問。

我心裏歎息：人都有這樣的慣性思維。不過，我還是實實在在地回答了她，因為我忽然發現，她還是比較適合康得茂的，至少她和我沒有那種關係，她是離過婚的女人，但沒有孩子。

「我的運氣不會這麼好吧？這麼優秀的男人會被我遇上？」她聽完了我的介紹後，笑著說道。

「你不是一直很自信的嗎？」我也笑。

她卻說：「你是想把我推銷出去，是不是？」

我即刻正色地道：「是，因為你是我朋友，我希望你幸福。我那同學也是我朋友，我一樣希望他也幸福。」

她頓時大笑起來，「馮笑，你想過沒有？萬一你那同學不喜歡我呢？或者，我見了他後，覺得他並不是那麼優秀，怎麼辦？」

「總應該先見面吧？不然，你們怎麼知道合適不合適？」我笑著說。

「有心為善，雖善不賞。無心為惡，雖惡不罰。你是有心想積陰德，所以，即使我們成了，上天也不會獎賞你的。這對你多不划算啊？」她大笑道。

「你們覺得合適就行，我無所謂。」我說，覺得她的話有些刁鑽。

「我明白了，原來你無所謂。」她卻如此說道。

我頓時一怔，竟然不知道該說什麼好了。因為，我從她的話裏面，聽出了另外一種意味。

就在我和丁香正處於尷尬境地的這一刻，我的手機響了，恰恰是康得茂打來的。

「你在什麼地方？」他問。

「在外面，正準備回家。」我說。

「晚上想請你吃飯，有空嗎？」他問我道。

「有什麼好事情？還有哪些人？」我問道，隨即去看丁香。

「你接電話，看我幹什麼？」丁香低聲嘀咕了一句。

可是，她的聲音還是被康得茂聽到了，他在問：「你和誰在一起啊？又是哪個美女？」

「我問你呢，快回答。」我說。

「就我們兩個吧。省政府的秘書長找我談話了，關於我調動的事情。」他說。

我很是替他感到高興，「真的？怎麼樣？確定了嗎？」

「差不多了，是正式談話。不然，我幹嗎找你喝酒？」他說。

「好，我馬上回來，你告訴我地方。」我說。

「一會兒我給你發簡訊。」他說。

隨即，我去看丁香，「你去嗎？就是我剛才說的那個同學。他說要請我吃飯呢。」

「你怎麼不先徵求我的意見，就告訴他啊？你也太過分了吧？」讓我想不到的是，她竟然忽然生氣了。

我莫名其妙，說道：「丁香，你這話是什麼意思？」隨即醒悟了過來，「你搞錯了，這件事情也是我剛才才想到的，他根本就不知道。是這樣，他馬上要調去給黃省長當秘書了，所以，很高興，這才打電話請我喝酒。只不過，太巧了，正好這時候打來電話。」

「鬼才相信！」她癟嘴說。

我不禁苦笑：確實，這件事情太湊巧了。於是，我說道：「你不願意去就算了，反正我也沒有告訴他我和誰在一起。哦，而且，我從來都沒說過你的事情。」

她猛然大笑了起來，「馮笑，你撒謊也不要這麼低級吧？」

我頓時愕然，「我哪裏撒謊了？」

「你那個同學，我見過。還是你叫去和他一起吃的飯。那次，還有另外一個美女在呢。你忘了？」她大笑著說。

我這才想起來那件事情，說道：「這……我真的是忘了。好像是的啊，那次還有孫露露。不好意思，我真的忘了。那正好，既然你見過他，就不需要我多說了。」

她看著我，「我不知道自己究竟是該相信你呢，還是不相信。」

我頓時苦笑，不再回答。現在，即使我再說什麼話，都覺得沒什麼意思了。同時，我心裏還有些生氣：我是想幫你呢，難道是我吃多了沒事幹？

她專心地在開車，一直不再和我說話。

我心裏也彆扭得厲害，於是閉目養神。

可是，哪裏睡得著啊？山路彎道很多，她開車的速度又很快，好像是故意不讓我睡著似的。我還是不開口，也沒睜開眼睛。

閉著眼睛的時候，同樣可以感受車是在什麼樣的道路上行駛的，左彎、右彎、上坡、下坡……終於，我感覺到車一直在朝下行駛了。也就是說，我們開始下山了。也就是在這個時候，我聽到了她的聲音，「好吧，我和你一起去。」

我睜開了眼，眼前是那個石屋，它就在我視線的右側，顯得是那麼的孤寂。

我很後悔，後悔自己不該帶丁香來，因為我明顯感覺到了康得茂說話的矜持。

後來，我主動問了他省政府找他談話的事情，他才簡單說了個大概。

「你運氣真好。」丁香說。

我搖頭，「這不僅僅是運氣的問題。有句話怎麼說的？機遇總是青睞有準備的人。所以，我始終相信一點，任何人的成功都有一定的道理。」

「生在帝王家，然後一輩子享福，這也是道理？」丁香癟嘴道。

「誰說生在帝王家就一定享福了？康熙朝的時候，九子奪嫡的故事，你聽說過吧？李世民發動玄武門事變的事情，你應該曉得的吧？還有雍正皇帝的幾個兒子，也就是乾隆皇帝的哥哥和弟弟的事情……帝王家的事情，比老百姓的事情更殘酷、更血腥呢，搞不好就會人頭落地。」康得茂說。

「九子奪嫡、玄武門的事情我倒是知道，乾隆皇帝兄弟之間有什麼事情？」我問道。

「雍正心中的繼位人是弘曆，也就是後來的乾隆，可是弘曆的哥哥弘時心懷不軌，總是夢想奪去太子之位，於是勾結雍正的政敵，試圖暗殺弘曆，結果被雍正秘密處死了。弘曆的弟弟弘晳被嚇壞了，從此瘋瘋癲癲、裝傻充愣一輩子，才得以善終。」康得茂回答說。

我點頭，「是這樣，所以，政壇裏面的事情很殘酷，有時候比戰爭更可怕。」

「所以，你一直不願意從政，只想當一名好醫生是吧？」康得茂笑著問我道。

我搖頭，「那倒不是，我只是不喜歡那樣的工作，整天都在想官場裏鉤心鬥角，太累了。你看端木雄，以前多麼厲害的一個人啊……」

我的話還沒說完，就聽到康得茂在咳嗽，頓時醒悟，即刻將自己的話轉了個彎，「所以，這人啊，說不清楚，還是我們當醫生的簡單。一天就是看病，開藥，然後下班喝酒，多舒服？」

「端木雄是誰？他出什麼事情了？」可是，我的話已經被丁香聽了去，而且，她在問。

「一個官員，受賄。」康得茂說，隨即又道：「這樣也好。不過馮笑，我很感激你的，要不是你的話，我還去不了省政府呢。」

丁香詫異地看著我，「馮笑，你？你有這麼大的本事？乾脆你也把我弄到省政府去工作算了。」

我苦笑，「我哪裏有這個本事啊？」

康得茂急忙說道：「丁老師，可能你不知道，本來是考慮讓馮笑去省政府給領導當秘書的，結果他自己不同意，所以才有了我現在的機會。」

丁香來看我，「為什麼啊？你不會也是像那個什麼弘皙一樣吧？為了韜光養晦？」

我哭笑不得，「我韜什麼光、養什麼晦啊？我剛才說了，我這人就是追求簡單，沒那麼遠大的理想。」

「當一個專家何嘗不是一種理想呢？俗話說，三十六行，行行出狀元。馮笑，其實我倒是蠻佩服你的，因為你對自己的定位很準確，很清楚自己的優勢所在。一個人不一定非得要去走當官那條路，找到一條適合自己發展的路，才是最重要的。」康得茂說。

「康領導，那你說說，我適合走什麼樣的路啊？」丁香問道。

「別這樣叫我，我現在是地級市的市委秘書長，馬上去當省領導的秘書。你就叫我康秘書好了，叫康秘也行，或者，乾脆叫我的名字，這樣多好？」康得茂說。

「那行，我叫你康秘吧。你還沒有回答我的問題呢。」丁香說，滿眼的期待。

我在心裏頓時笑了起來，因為丁香現在這個樣子，原因只有一個，那就是，她對自己現在的工作很不滿意，或者，對自己的未來很迷茫。

康得茂說：「我對你不瞭解，所以，無法給你什麼建議。不過，你是女性，又是高校教師，我覺得，你目前的工作就已經很不錯了。現在，高校裏面的日子應該是最好過的了，不但清閒，而且遠離複雜的社會，待遇又不錯，很多人想進去都進不了呢。」

我也點頭說：「我也覺得是這樣。高校還有一個好處，你接觸的都是教師和學生，這一點和我們當醫生的一樣。同事之間的關係相對都比較單純，而且經常接觸學生，學生都是很單純、很年輕的，這樣，可以讓你的心態一直保持年輕狀態。」

「你們醫院不也有實習生嗎？」丁香問道。

我笑著回答說：「是。不過，實習生都是馬上要畢業的學生了，他們可是很少和我們交流的，要麼準備考研究所，要麼為工作焦心，比我們當醫生的還焦慮。」

「按照你們的說法，我現在的工作是最好的了？」丁香問道。

我和康得茂異口同聲地說：「是。」

她頓時笑了起來，「我自己怎麼不覺得呢？我對現在的工作還很不滿意呢。」

康得茂嚴肅地道：「見異思遷、喜新厭舊，是人的本性。任何人在一個行業幹久了，都會覺得厭煩的。」

「那麼，你對個人感情也會這樣的嗎？見異思遷、喜新厭舊？」丁香問道。

康得茂頓時笑了起來，說道：

「這不一樣的，倆口子之間是有感情基礎的。而工作卻不一樣，工作上，說到底是一種雇傭與被雇傭的關係，沒有平等可言。倆口子之間的事情可以商量，可以互相讓步，實在不能忍受了，才考慮分手的問題。工作上是不可能的，商量？人家給你這機會嗎？讓步？讓步的只有你自己，你什麼時候看到老闆讓過步的？不讓你穿小鞋就不錯了。你說是不是？」

丁香點頭說：「好像是這樣的啊。康秘，想不到你這麼會說。」

我看到丁香這樣的態度，心裏暗暗高興。

吃完飯後，我假裝忽然想起一件事情來，說道：

「糟糕，我有一份資料還在病房裏面。得茂，麻煩你幫我送送丁香好嗎？謝啦！」

丁香當然明白我的意圖，她瞪了我一眼，卻沒有說話。

我心裏很是高興，因為這說明，她已經不是那麼排斥康得茂了。

回到家後，阿珠一見我就說：「大忙人回來了？怎麼？又喝酒去了？」

我心情很愉快，不想和她計較，「今天你的醫生來過沒有？」

「沒來。我和醫生商量好了，每天晚上去她那裏，反正是一樣。」她說。

我覺得這樣也不錯，畢竟那位心理科醫生是我們醫院的，她碰見了蘇華後，可能會引起蘇華的尷尬。

現在，我看見阿珠在朝我笑，同時看了看正在沙發上看電視的蘇華，頓時明白了：她也是想到了這一點，才沒讓醫生到我家裏來。

於是，我心裏更加高興了，「阿珠，你懂事了。謝謝你。」

「我本來就不是小孩子。」她說，嘛著嘴。

蘇華也笑了起來，「對了，馮笑，你過來，我想和你說件事情。」

我即刻到沙發處坐下，「說吧，什麼事？」

「今天下午，江真仁來過了。」她說。

「怎麼樣？你們談得怎麼樣？」我問道。

「他想請你幫他。他說，曾經告訴過你這件事情。」她說。

我點頭，隨即問她道：「蘇華，那你覺得我是該幫他呢，還是不幫？」

她看著我，「如果你覺得不為難的話，就幫幫他吧。他也不容易。」

我依然看著她，「蘇華，我可不可以這樣理解？你和他現在基本上沒問題了？」

她卻歎息了一聲，搖頭道：「我也不知道。」

我有些詫異，「難道，你們一點都沒談這些事情？」

她回答說：「馮笑，你想過沒有？即使我和他重婚，我們之間的裂痕會完全復合嗎？」

我想了想後，說：「這是兩個人的事情。如果你們互相都可以原諒對方的話，我覺得沒有什麼裂痕不可以復合的。」

「我要是有你那麼多錢就好了，那樣的話，我就一個人去山上建一棟房子，然後，免費替周圍的老百姓看病。就這樣一個人，安安靜靜過一輩子。」她說，聲音裏面帶著一種無奈的味道。

我頓時不語，因為我的腦子裏即刻浮現出那間石屋來。

明天我就去那裏，看能不能把那地方買下來。我在心裏對自己說道。

第七章

# 走出去了，總會有路

林易歪過頭來看著我，道，「馮笑，我送你兩句話吧。」
我驚喜地道：「好的！」
他說道：「你要記住，出路出路，走出去了，總會有路的。
困難苦難，困在家裏萬事難。做人要做到：百事孝為先。
這些都不是說說就能辦到的，需要付出很大的精力和努力。
你是聰明人，應該知道這個道理。」

第二天上午，護士長把最近彩超專案的帳單拿來給我，我仔細看了一遍後，沒有發現什麼問題，但是，我還是安排了另外兩個人一起去管理科室的小金庫。因為我知道，即使最開始不會犯錯誤，可是誰也不能保證他們今後不會從中漁利。要知道，人都是自私、有貪欲的動物，很多事情是無法用道德去約束的。

現在，我有些明白章院長為什麼要把醫院的各種權力都死死抓在他一個人手上了。這樣至少有一個好處，那就是，不讓下面的人有犯錯誤的機會。

看完賬目後，我讓護士長拿來這次購買設備的預算。看了後，我說道：「這樣，這個月就不要給大家發錢了，上次剩下的錢，加上最近的收入，完全夠這個預算。不過，需要拿出三萬塊錢來，去向醫院的領導們表示一下。一把手一萬，其餘的副職，每人五千。我看了，賬上的錢夠。」

「大家會不會有意見？」她說。

「這件事情暫時不要說，畢竟說出去影響不好。這樣吧，這筆錢由你、我，然後再找一位可靠的醫生一起簽字。護士長，有一點我希望你能夠想到，我們的這個小金庫，說到底是領導同意後才有的，我們要維護好這種關係，要飲水思源。否則的話，這件事情是不會長久的。我們一定要長遠看待這個問題。不就三萬塊嗎？科室裏面的人分攤下來，每個人不到一千。春節已經過去了，病人慢慢多起來了，我們的收入會很快漲起來的。你說是嗎？」我說道。

說實話，我一點都不想這樣婆婆媽媽地交代、解釋，但科室裏面都是女人，我不得不如此。我想，婦產科裏面的男醫生逐漸變得女性化，可能也與這個因素有關係。

一切辦理完畢後，我帶著現金去到行政樓。

首先去的是章院長辦公室。

「不錯，你氣色好多了。」章院長看著我微笑道。

「謝謝章院長關心。如果不是您關心我的話，我的精力還真的顧不過來呢。」我說。

「小馮真會說話。」他笑道，「對了，我家女兒馬上就要參加省裏的比賽了，接下來，還要去參加全國的大賽。你給你岳父說說，有些工作，得抓緊時間去辦理才行。」

我連連點頭，「沒問題的，我再問問。」

「哦，對了，你找我什麼事情？」他隨即問我道。

「章院長，我今天來是感謝您對我們科室的關心的。」我說，隨即去把他辦公室的門關上，「這是我們科室的一點心意。最近是春節，效益不是很好。下一個月可能會好一些。」

我說著，隨即就從身上拿出一萬塊錢來，放到了他的桌上。我看到他桌上有一張報紙，隨即將報紙拿過來，把那疊錢蓋上。

他看了報紙一眼，朝我微笑道：「小馮真有心。」

「章院長，我走了，希望您今後繼續支持我們婦產科的工作。」接下來，我說道。

我來的目的就是這件事情，既然辦完了，就應該馬上離開。

「小馮，你等等。」他卻叫住了我。

我看見他將那張報紙合著錢一起放到了他的抽屜裏面。

「章院長，您還有什麼指示？」我問道。

「上次不是說了嗎？科研專案的賬，得你簽字報銷是吧？我們醫院財務處已經替你建好了專門的帳戶，你去辦理一下相關的手續。對了，我這裏有點發票，你幫我處理一下。」他說著，隨即從他的抽屜裏拿出一個信封來遞給我。

我急忙地道：「好，我儘快去辦。」

他朝我微笑，再也不說什麼了。

我知道，現在該馬上離開這裏。

給幾位副院長送錢的時候，他們都朝我微笑，然後一邊說著客氣的話，一邊坦然地收了錢，還都順便表揚了我一番。

我隨即去到醫院的財務科。

「馮主任，帳號已經建好了，資金也到帳戶裏了。現在，我們需要你的簽名和印章底件。也就是說，我們必須看到你的簽名和印章，才可以報賬。」財務處的負責人對我說。

「這樣吧，我馬上去刻一個印章，然後再來辦理。好嗎？」我說道，隨即笑道：「你看，我還是第一次有單獨的帳戶在你們這裏，以前也沒有去刻過印章。」

「好的。馮主任年輕有為，今後，這樣的帳戶會不止這一個的。」他笑道。

出了財務處，正準備回科室去，卻看見唐孜迎面朝我走來。

她看到我的時候，很興奮的樣子，「馮主任，您來辦事？」

「是啊，到財務處辦點事情。」我朝她微笑著說。

「你幹嗎不管我們了啊？為什麼要辭職啊？」她卻這樣問我道。

我笑著說：「沒辦法，我實在忙不過來。我是婦產科的主任，馬上還有一個科研專案，這一學期還有教學任務……實在沒辦法。」

「您是能幹的人，應該可以管得下來的，明明是您自己偷懶。不過，我也理解，因為您幹得再多，醫院也不可能給您幾份工資的。」她說。

「對，我也是這樣想的。」我一怔，隨即大笑道。

「馮主任，您知道是誰來接替您的位置嗎？我說的是，籌備組的新負責人？」她隨即低聲地問我道。

我搖頭，「我沒問，也不關心。這是醫院領導考慮的問題。」

「是王處長，王鑫。您認識他吧？」她看著我說。

我有些詫異，「真的？」

她點頭，「已經來上班了。這個人一點不好玩，一來就給我們規定了很多注意事項。」

我看著她笑，「小唐，不要在背後說領導的壞話哦。你不是最會說好聽的話嗎？」

她朝我伸了一下舌頭，「馮主任，我知道您是不會把我的這些話說出去的。」

我和她開玩笑，「那可難說。」

「你不會的。嘻嘻！馮主任，改天可要請我吃飯啊，雖然你不是我們領導了，但是，在我的心裏，你依然是呢。拜拜！」她對我笑道，隨即跑了。

看著她歡快的背影，我不禁羨慕起她來：年輕真好……

回到辦公室後，我急忙打開章院長給我的那個信封，看著裏面的東西，我頓時愣住了……我雖然知道裏面裝的肯定是發票，但卻想不到，發票的面額是那麼大，更想不到，發票的內容竟然是服裝！

很明顯，這些服裝是章院長女兒參賽用的。

他找我報銷的第一筆賬，竟然一共有十二萬多！

錢倒也罷了，關鍵是，這些發票怎麼可以用啊？我不可能把這些發票拿去沖賬啊！

我管的可是科研專案的帳戶，與服裝完全沒有關係啊？

我頓時為難起來。

但是，我心裏知道，這些發票是必須替他報銷的。

一時間，我有些心煩起來：想不到，科研專案還沒開始啟動，第一筆錢竟然會花在這個上面。

可是，我一時間也想不出什麼好辦法，在辦公室裏煩惱也沒什麼用，於是，我開車出了醫院。

首先，我去刻了一個私人印章，花了不到一百塊錢。印章的質地看上去還不錯。

隨即，我給鄭大壯打電話。

那天本來準備與他聯繫的，後來因為身體的原因耽誤了。

「鄭老師，晚上有空嗎？我想請你吃頓飯。」我對他說。

「不要吃飯了，很花費時間的。你有什麼事情就在電話上說吧，或者，你到我家裏來喝茶也行。」他說。

「您很忙？」我問道。

「當然忙了，我最不喜歡把時間浪費在吃喝上面了。我們一輩子不到三萬天，還有一半的時間在睡覺，如果經常在外面吃喝的話，可以利用的時間就太少啦。你說吧，什麼事情？」他說道。

「專案已經批下來了，經費也已經到位了。所以，我想和您談談下一步的安排。」我說。

「我已經給你提供了一切，其餘的事情我就不管了。現在，你需要的是馬上把儀器做出來，然後，進行動物實驗和臨床實驗。這些事情和我都沒有任何關係了，我的圖紙都已經給你了，只需要你通過實驗，調整儀器的各種參數。好啦，我很忙。」他說，即刻壓斷了電話。

我頓時苦笑，同時也覺得自己確實有些不應該。因為他說得很對，在這種情況下，我不應該再去找他了。

於是，我馬上去聯繫了幾家製造儀器的單位，分別做各種零件，然後又找了一家單位，用來把所有零件最終組裝起來。

這個工作其實很簡單，因為鄭大壯已經把圖紙都交給我了。

現在，也許我需要一個安靜的地方。我心裏想道。忽然又想起那間石屋來。

剛剛出城，就接到了上官琴的電話，「你們醫院怎麼派那樣一個人來啊？你對這個人瞭解不？」

我知道她說的是王鑫，於是問她道：「他怎麼啦？」

「我覺得這個人不合適。沒什麼能力，但卻官腔十足。還有，他總是用色瞇瞇的眼光來看我。」她說。

我頓時大笑起來，「誰讓你長得那麼漂亮呢？」

「馮大哥，我沒有和你開玩笑。你幫我找一下你們院長，換一個人吧。」她氣急敗壞地道。

「不會那麼嚴重吧？」我依然在笑，「這個人我比較瞭解，確實像你說的那樣。不過，他和醫院領導的關係很好，醫院要用他是必然的，我也沒辦法。最好，你讓你老闆出面說吧。」

「你岳父說了，要我尊重醫院領導的意見。他還說，畢竟我們是合作關係，最好不要去干涉你們醫院的人事安排。」她說。

「那就沒辦法了。」我說，「上官，你想過沒有？其實這樣的人也很好相處的，他喜歡什麼，你就給他安排什麼好啦。」

「馮大哥，你別和我開這樣的玩笑啊，我可要生氣了。」她頓時大聲起來。

我發現她誤會了我話中的意思，急忙地道：「上官，我不是那個意思。我的意思是說，他這樣的人其實很好打發，他其實是個喜歡貪小便宜的人，這難道還不好辦？」

「不會吧？我擔心的是小鬼難纏，他的欲望無窮呢。」她說。

「不是這樣的，他喜歡打官腔，其實是為了掩蓋他能力的不足，狐假虎威罷了。這樣的人往往很膽小，你對他客氣一些，經常奉承他，然後給他一點小恩小惠就可以了。」我說。

「是吧？你現在忙嗎？我們找個地方坐下來慢慢說可以嗎？」她問我道。

「這樣吧，我現在有點事，晚上我們一起吃飯好了。上次我欠你一頓飯，今天我補上。」我說。

「好，那我可要好好宰你一頓。」她笑著說。

接下來，我開車上山。看到一個人在地裏勞作，於是停下車，然後到那人面前道，「請問，這間石屋的主人是誰？」

「以前是用來放糧食的，早就沒人住了。」他說。

「是你們村的嗎？」我問道。

「是的。」他回答。

「石屋周圍的地呢？也是你們村的？」我問。

「那地是我們家的，石屋也是。我正說把那些石頭取了去修豬圈呢。你問這個幹什麼？」他問我道。

我大喜，「我想把那石屋還有周圍的地買下來。哦，我只買石屋和石屋旁邊沒有種莊稼的地方，可以嗎？」

「你準備出多少錢？」他問我道。

「你要賣的話，覺得多少錢可以賣給我？」我反問他道。

「雖然那地方沒用了，但是，至少值一萬塊錢吧？」他說。

我心裏再次大喜，但卻裝出一副覺得太貴的樣子。不是我存心想占他的便宜，而是我擔心他反悔。

「少點吧，我真的想買。」我說。

「八千，可以吧？」他問我。

我假裝想了想，「好吧，我答應你了。不過，我們的買賣合同還是要你們村的領導簽字吧？」

「本來應該那樣，不過，你要村長簽字的話，他可是要收錢的。」他說。

「他一般收多少？」我問。

「起碼兩千塊吧。多不划算？我這人老實，你可以去瞭解一下。我們談好了，今後我絕不反悔。」他說。

我搖頭，「不行，手續還是要完善才好，免得今後出問題。」

「隨便你吧，反正你是有錢的老闆。」他說。

這下，他也不再管他的莊稼了，隨即就坐著我的車去到他們村裏。其實，這地方距離村裏很近，不到五分鐘就到了。

村長是一位中年男人，看上去比這位農民精明多了。

他說：「土地的問題必須鎮上做主，村裏面沒有多大的處置權。」

前面我聽了那位農民的話，知道村長是故意刁難我，於是，我問道：「村長，假如我想請你幫忙把這件事情辦下來的話，需要多少錢？多長時間可以辦好？」

「你租用那個地方的話，只需要和王老三商量，然後，我們村裏當個中間人就可以了。如果你要辦理房產證的話，就必須得經過鎮上。」村長說。

我這才明白，他並不是刁難我，而是說的實話，心裏想了想，租用這地方倒是不錯。於是問道：「租期一般是多久？」

「十年二十年都行。那麼個小地方，沒必要那麼麻煩。你是大醫院的醫生，我倒是很想交你這個朋友。這樣吧，你和王老三簽個協議，我當中間人，這樣多簡單？」村長說。

我大喜。

事情很快就辦好了。

簽約後，我給了王老三一萬塊錢，「今後，我可能會經常到這地方來，還會有很多地方可能會麻煩你。」

他笑得嘴都合不攏了。

隨即，我又悄悄給了村長兩千塊錢，但他卻堅決不要。

他說：「我都說了，很想交你這個朋友。人吃五穀雜糧，肯定會生病的，今後我找你幫忙的時候，你不要裝著不認識我就行了。」

我感歎不已。

我沒想到，晚上和上官琴一起來的，竟然還有林易和童陽西。

童陽西似乎沒什麼變化，身上穿著一套牛仔衣褲，頭髮有些凌亂，依然的沉默寡言。

一見面，林易就對我說：「你不要責怪上官，本來今天公司有其他事情的，上官告訴我說，你們要在一起吃飯，所以我才臨時改變了安排。主要是想借這個機會，把小童叫來一起和你吃頓飯，順便和他談一下後續的工作。馮笑，小童是你介紹給我的，我覺得有些事情還是當著你的面直接談的好。」

「好啊，我和上官本來就是準備談工作上的事情。」我說。

其實，我沒有一絲的不快。現在，我反倒很想和林易在一起了，因為我覺得，每次和他在一起，都會有不少的收獲。

「林總，我本來是想讓馮大哥去對章院長說一下，看能否把那個王鑫換一下，結果馮大哥給了我不少的建議。我是覺得在電話上無法詳細交流，所以，才約好一起吃飯，然後詳細交談。」上官琴說，同時在看我。

我知道她這句話其實是說給我聽的，於是說道：「沒事，正好林叔叔也在，大家可以共同探討。這件事情是我造成的，不過，請上官理解，我的精力實在有限，的確顧不過來這麼多事情。還有，我在這方面是新手，說不定我去做的話，還不如王鑫呢。」

林易搖頭道：「一個人的能力是一回事，為人又是另一回事了。你們醫院現在派出來的人，能力怎麼樣我不知道，但是為人方面，我覺得還是有些問題的。不過，在這件事情上，我還是那個意見，要充分尊重你們醫院的人事安排。上官，其實這對你又是一種新的考驗了。你要知道，我們每個人都要學會與各種各樣的人打交道。」

「是。」上官琴說，很恭敬的語氣和神態。

林易隨即去看了童陽西一眼，微微地皺眉，「小童，你到我們公司已經半年了吧？我瞭解過你的情況，周圍的同事對你的評價還不錯，說你做事情認真，有頭腦，時不時還會拿出一些新鮮的點子。我覺得這些都不錯。但是，我又瞭解到，你喜歡打遊戲，還喜歡看電視，是不是這樣？」

「有時候，我覺得有些無聊。所以……」他回答說，聲音很小，很惶恐的樣子。

我急忙幫他說了一句，「年輕人嘛，好像都喜歡這樣的事情。」

林易搖頭說：「我只想告訴你們一個事實，平均每天看電視超過三個小時以上的，一定都是那些月收入不超過兩千元的，如果你想要月收入超過兩千，請不要把時間浪費在看電視上。同樣的道理，那些平均每天玩網路遊戲或聊天超過三個小時以上的，也都是些月收入不超過兩千的。因為窮人很多，並且窮人沒有錢，所以，他們才會在網路上聊天抱怨，消磨時間。

「你有見過哪個企業老總或主管經理，有事沒事經常在QQ群裏閒聊的？相反，這個世界有這麼一小撮的人，打開報紙，是他們的消息；打開電視，是他們的消息；街頭巷尾，議論的是他們的事情，彷彿世界是為他們準備的。他們能夠呼風喚雨，無所不能。你們的目標，應該是努力成為這一小撮人。也許你在遊戲裏的級別很高，但這不能代表你在現實中可以成功，反而會影響你為成功而努力的時間。空閒時間不要經常上網做無聊的事，有空讀點文學，學點管理，瞭解一下國際時事和法律常識都是好的。起碼能保證你在任何聚會都能言之有物。」

他的話讓我覺得非常有道理，於是，我對童陽西說道：「你們老闆的話你要好好聽，好好感悟。這些都是他從多年的實踐中總結出來的。」

「是。」童陽西說，一副惶恐不安的樣子。

「林總，趁今天這個機會，您就多說點吧，我也覺得受益匪淺呢。」上官琴說。

林易笑道：「我可是真有料的啊，你們誰還要聽？」

「林總，您可要單獨送我一句話嗎？」上官琴笑著問道。

「好吧。」林易說道，「作為女人，你永遠不要認為事業跟自己沒關係，千萬不能覺得自己就是洗衣服、做飯、看孩子的料，你可以做的事情比這些重要多了。」

「謝謝林總，我記住了。」上官琴笑吟吟地道。

「林總，您可以更具體對我講講麼？」童陽西說。

童陽西似乎完全被林易的話吸引住了，問話的時候，眼神裏面竟然露出一種光彩來。

然而，林易卻歪過頭來看著我，道，「馮笑，我送你兩句話吧。」

我驚喜地道：「好的！」

他歎息了一聲後，說道：「你要記住，出路出路，走出去了，總會有路的。困難苦難，困在家裏萬事難。還有，做人要做到：百事孝為先。這些都不是說說就能辦到的，需要付出很大的精力和努力。你是聰明人，應該知道這個道理。」

我似懂非懂，不過依然在點頭。

他已經把臉轉向了童陽西，「小童，在現在這個時代，窮人變成富人還是可能的，每個人都有各種成功的可能性。小童，你是馮笑推薦給我的，所以，我願意給你機會，就看你給不給自己機會了。你明白嗎？」

我心裏明白林易這是對童陽西有些不大放心，於是對童陽西說道：「小童，你老闆對你可謂真是苦口婆心了，希望你好好努力，一定要把公司的事情辦好。」

「說實話，雖然我決定讓小童去獨當一面經營新公司，但心裏還是很不放心。馮笑，我希望你能多幫幫小童。現在你是我們江南集團的股東了，有些事情，你還是應該關心一下才是。」他對我說道。

我點頭，隨即對童陽西道：「小童，給你們老闆表個態吧，談談你的想法。」

童陽西即刻坐直了身體，滿臉的肅穆，「董事長，謝謝您對我的栽培。馮醫生，我也應該感謝你幫我找了這麼好一份工作。說實話，我根本就想不到，董事長會給我這麼重要的工作。我知道，我身上確實有很多毛病，剛才林總都指出來了，我會很快改正。現在，我想說一句話，不管今後的工作有多難，不管會遇到任何問題，我都要想辦法去克服它們，全力把專案做好。感謝董事長對我的信任，也希望馮醫生，還有上官助理，今後多幫助我。」

聽了他的表態後，我很欣慰，林易也在點頭，隨即問道：「小童，對於馬上要去做的這個專案，你覺得最重要的是什麼？」

「董事長，我想，首先要儘快與對方簽署合同，爭取早日把水泥廠劃歸到我們江南集團旗下，然後，邀請專家對水泥廠進行技術改造，與此同時，進一步打通銷售管道，同時還要充分利用現有的條件，搞一些開發專案，爭取讓利潤最大化。董事長，不知道我的這個想法對不對，請您批評指正。」童陽西說。

我倒覺得他說得不錯，不過，我也不大懂。

林易在點頭，「單純從專案上來講，你說的都是對的，你的思路也比較清晰。不過，我覺得你並沒有回答到點子上。」

「董事長，您可以告訴我嗎？我一定按照您的指示辦。」童陽西說。

「我們這個專案是常書記親自關照過的，她是官員，是那裏的一把手。所以，今後，你工作的重中之重就是不要給她惹一點麻煩。一旦有任何問題牽涉到她、影響到她的威信，你必須想辦法全部承擔下來。這才是你要做的最重要的事，明白了嗎？」林易說。

童陽西怔住了，一會兒後才問道：「董事長，您的意思是，要我全力保證常書記的安全？我可以這樣理解嗎？」

林易點頭，隨即又搖頭，「可以這樣說，但又不對。常書記並沒有從我們公司得到任何好處，她只是站在工作角度在思考問題。我們準備兼併的這家水泥廠年年虧損，早已成了當地政府的負擔。但是，現在卻有很多人不理解，還有不少人由於不相信政府的公信力，總覺得官員是在便宜變賣國家的企業，認為是官員在中間有腐敗行為。所以，維護好當地黨委政府以及黨委政府官員的形象，才是我們應該做的最重要的事情。俗話說，飲水思源，感恩圖報，這才是我們的企業形象。明白了嗎？」

我覺得林易這幾句話說得很讓人感動。

「我明白了。」童陽西半懂不懂的樣子。

林易滿意地點了點頭。

我忽然想到了一件事情，「林叔叔，我想麻煩您一件事。」

「說吧。」他朝我微笑。

「蘇華的前夫是我朋友，他是搞設計的，我想……」於是，我把那件事情簡單地講了出來。

林易一直在看著我微笑，聽我說完後，隨即對我說道：「這件事情很簡單，上官，小童，今後你們手上的專案，拿給那位江真仁做就是。具體的東西你們看著辦吧，只要設計的水準能夠達到我們的要求，我原則上同意。」

「明白了，董事長。」上官琴和童陽西都說。

我大喜，不住道謝。

「你那公司註冊好了沒有？」林易隨即問我道。

「本來我想私下對您講這件事情的。」我說，欲言又止。

林易笑道：「都不是外人，我們倆還是一家人呢。你又不是官員，怕什麼？」

我想也是，頓時便笑了起來，「是這樣，公司已經準備註冊了，馬上就要進入驗資程序。」

「上官，你去幫忙辦一下這件事情。馮笑，你讓孫露露直接與上官聯繫吧。註冊資金兩千萬，這筆資金從銀行過一下，再轉回到我公司的賬上就是了。不對，先留下一千萬，作為你的流動資金吧。公司起步都很困難的。不過，我是生意人，到時候，你可要付我的利息才行哦。呵呵！我也不放你的高利貸，就按照現在銀行的利率吧。可以嗎？」林易說。

我大喜，「太好了，我正愁前期的資金呢。」

「還有件事情。上官，你在我們公司裏面，替他物色一位合適的財務總監。物色好了，就讓馮笑先見一下，如果沒問題，就儘快確定下來。」林易隨即又吩咐道。

「好的，我儘快去辦。」上官琴恭敬地應承著，隨即朝我笑了笑。

我發現，她的眼神裏好像帶有一種俏皮。

這頓飯吃得很愉快，我覺得自己受益最大。

晚餐是我結的賬，林易先行開車離開了，童陽西隨即也向我們告辭。

我對他說了幾句鼓勵的話。

他態度恭敬地聽著，隨後去到馬路邊搭車走了。

「再見。」上官琴也朝我伸出了手來。

我去與她輕輕握了一下，然後即刻分開，「謝謝你，上官，這麼多事情要麻煩你。」

「馮大哥，剛才老闆對我說的關於財務總監的事情，我考慮了一下，覺得有兩個人比較合適，一個是一位大帥哥，還有一位是大美女。你選哪一個？」她問我道，眼裏又出現了前面那種俏皮的眼神。

我笑道：「你們信得過就行，我是不大懂的。林叔叔的意思很明確，就是要找自己人。」

「都信得過，都是老闆信得過的人，也是能夠控制得住的人。」她依然在笑，那種俏皮的眼神也沒有消失。

「那就隨便吧。」我說。

「好，我把那位美女給你派過來吧，免得你擔心你的那位代理人被帥哥拐跑了。」她頓時大笑了起來。

我苦笑，同時也有些尷尬，「上官，別開玩笑。」

「其實，我沒有開玩笑。」她即刻斂神道，「這個世界上，背叛自己老闆無外乎幾種原因，一是金錢，二是親情，三是愛情。而這三個原因中，愛情是最容易讓人昏頭的。所以啊，為了你的公司今後不至於出現什麼問題，也為了便於你控制，還是讓那位美女來得好。」

我知道她說的意思，頓時更尷尬了。

不過，我心裏對她很感激，因為我認為她的考慮很周全。

忽然，我有了一個想法，「上官，你信得過我的話，如果有閒置的資金，可以拿到我公司來投資入股。」

「真的？」她驚喜地道，「那我豈不是發財了？」

「風險也是存在的。」我提醒她道。

她笑著搖頭，「你的公司是不可能虧損的，這一點我完全相信。」

我笑道：「謝謝你的信任和鼓勵。」

可是，她神情頓時黯然了下來，「馮大哥，這件事情我得問了老闆再說。」

「又不是公司投資，這是你個人的事情啊？幹嗎要問他？」我詫異地問道。

「林總很注意他身邊人的人品。你的公司他那麼扶持，賺錢是必然的，如果我來投資的話，很可能會被他認為是在搞投機。」她說。

我頓時明白了，同時也很理解她，於是點頭道：「行，你問問他吧，或者，我幫你問也行。」

「謝謝！還是我自己去問吧。你去幫我問的話，我擔心他會認為我對他不夠忠誠。馮大哥，你不要有什麼想法，我是他的助理，對他忠誠是我必須做到的，請你理解。」她歉意地對我說。

我頓時明白了，急忙地道：「我當然理解了。」

「你明天讓你的露露小姐直接和我聯繫吧。資金的調度，我親自幫你處理。這也是為了資金的安全。」她笑著對我說。

我連聲道謝，也沒有去在意她的玩笑話。

在回家的路上，我給孫露露打了個電話，安排好了明天的事情，她連聲答應著。

第八章

# 如癡如醉的琴聲

朝鋼琴處看去，宮一朗正專注地彈奏，
阿珠站在鋼琴旁，我沒有驚動他們，輕輕將門合了過去，
然後站在那裏傾聽，同時看著宮一朗和阿珠。
我發現，阿珠一直看著宮一朗的臉，如癡如醉地看著！
也不知道感染了她的，究竟是宮一朗專注的神情呢，
還是他手指間飄散出來的琴聲。

第二天下午，我很早就回家了。

在開車回家的路上，我看到街邊蹲著很多人，在他們面前都擺放著一個小牌子，牌子上寫著「裝修」、「木匠」、「泥瓦工」等等什麼的。

我即刻將車停了下來，然後朝他們走去。

這些人應該平常都在這地方攬活，只不過以前我不大留意罷了。我心裏想道。

「會修房子嗎？很簡單的那種房子？還有簡單的裝修。」我問他們。

「會，都會。」其中的幾個人說。

「會種樹、會種竹子嗎？」我又問。

「這更簡單了，我們都是農村人，這很簡單。」他們咧嘴笑道。

我大喜，隨即詢問了他們需要的價錢，我覺得並不貴，於是說道：「這樣，你們明天和我去看一下地方，然後做一個簡單的預算，如果我覺得可以的話，就交給你們去做了。人員的安排你們自己決定，我只出錢。」

我隨即對其中一個看上去比較精明的人說道：「這樣，你負責這件事情，我只和你談，人員由你組織。這是我的電話號碼，你明天和我聯繫。」

他頓時很高興的樣子，從我手上接過了寫給他的電話號碼。

這件事情我不想讓別人知道，因為我需要一個真正的清靜之地。

最近一段時間，我一直在想像：如果有那樣一個地方，兩間小屋，周圍是青青翠竹，屋內是原始的實木地板，像莊晴家裏那樣，只擺放幾樣簡單的傢俱，沒有電視電腦，只有一套烹茶的茶具。然後，一個人待在那裏，一壺清茶，幾本書……這是多麼愜意的事情啊。

現在，我的這個夢想馬上就要實現了，所以，我的內心尤其激動。

在這個人流如織的城市裏，我幾乎找不到這樣一個清靜愜意的所在，但在山裏，卻不經意地找到了這樣的地方，我當然要為自己打造一個夢中桃花源。

起碼要種上幾顆櫻桃樹，還有一大片竹林。今後那裏一定會非常美。

開車的時候，我情不自禁地傻笑起來，因為我的腦海裏已經有了那個桃花源的雛形。

今天是我最近一段時間回家最早的一次，剛剛打開門，就聽到了美妙的鋼琴聲，琴聲如同小溪的溪流般拂過我的心扉，讓我感到無比的愜意。

朝鋼琴處看去，我發現宮一朗正在專注地彈奏，而鋼琴旁邊站著的卻是阿珠，她如癡如醉的樣子。

我沒有驚動他們，輕輕將門合了過去，然後就站在那裏傾聽，同時看著宮一朗和阿珠。

忽然，我發現了一件令我感到詫異的事情，我發現，阿珠一直在看著宮一朗的臉！她是在如癡如醉地在看著他的臉，也不知道感染了她的，究竟是宮一朗專注的神情呢，還是他手指間飄散出來的琴聲。

我心裏頓時高興起來：難道，這丫頭喜歡上這個人了？

他們兩個人都非常的專注，根本就沒有發現我回來了。

於是，我輕輕去到臥室裏面，我看見蘇華正抱著孩子，在給他餵牛奶。

她在看著我笑。

「他們兩個？」我低聲地問道。

她也低聲地說：「阿珠最近每天都回來得很早，估計是喜歡上小宮了。」

「你覺得他們兩個合適嗎？」我問道。

「倒是不錯。就是不知道小宮對阿珠有沒有感覺。」她低聲地回答。

「怎麼？你發現有什麼不對勁的地方嗎？」我又低聲地問。

「我發現阿珠好像對小宮挺有感覺的，但是，那個小宮好像有些不來電的樣子。他每天彈完琴後，招呼也不給阿珠打一聲就離開了。每次阿珠都悵然若失的樣子。」她說。

「那你找個機會問問小宮啊。問問他是不是談戀愛了什麼的，也可以問問他，對阿珠有沒有感覺。」我建議道。

「我問過了，小宮沒有談戀愛。不過，我不好問他對阿珠的感覺怎麼樣。你知道，阿珠那脾氣，她最討厭別人去管她的私事了。我想，就讓他們兩個人慢慢接觸吧，如果他們有緣的話，根本不需要我們去插手的。你說是不是？」她笑著說。

我點頭，「倒也是。呵呵，想不到阿珠這丫頭，竟然喜歡上了一個藝術家。」

「現在的問題是，我覺得，阿珠自己都沒察覺她已經喜歡上人家了呢。不然的話，以她的脾氣，還不主動去追求對方啊？」蘇華笑道。

我搖頭，「這倒是很難說，她遭逢這麼大的事情，現在可比以前成熟多了。」

她頓時歎息，「是啊，她真可憐，和我差不多可憐。」

見她忽然把事情扯到自己身上了，我也就不好再說這件事情了。

忽然想起有件事情還沒有告訴她，於是急忙地道：「蘇華，你給江真仁打個電話，你讓他最近抽時間去找這兩個人：一個是江南集團的上官琴，一個是省京劇團的孫露露。設計方面的事情，我已經和對方打好招呼了。」

「你自己打電話吧。」她說。

我看著她，「蘇華，這是我讓你能夠有機會和他在一起呢，你可要好好把握機會。」

她不說話了。

「蘇華，我餓了，你去做飯吧，這裏我來。」於是，我說道。

「阿姨回來了，她正在做飯。」她說。

我大喜，「太好了，今後你就可以輕鬆多了。」

她頓時笑了起來，「我的雙份工資沒有了。」

我大笑。

外面的琴聲戛然而止。

「馮笑，你什麼時候回來的？難道是從天上掉下來的？」外面傳來了阿珠的聲音。

我從臥室裏走了出去，看著滿臉驚異的阿珠，笑著說道：「你聽小宮彈琴太專注了，竟然沒有發現我已經進屋了，你還好意思說！」

阿珠的臉頓時紅了起來。

宮一朗在朝我客氣地笑，我摸出錢包，隨即從裏面取出錢來，「小宮，這是你最近幾次的報酬。謝謝你了。」

他接了過去，不住道謝，同時看了我一眼，「馮醫生，你的事情我都聽說了，我很感動。」

我詫異地問：「什麼事情啊？」

「你和你妻子的事情。你是一個優秀的男人。」他說，同時瞟了我一眼。

我發現，他的眼神裏有一種奇怪的東西，不知怎麼，我頓時打了一個寒戰。

我也不知道自己為什麼會打這個寒戰，後來才明白：他的眼神裏，竟然有一種媚態。

不過，當我把錢給了他以後，保姆就從廚房裏出來了。她笑著和我打招呼，「姑爺，這麼早就回來了啊？」

「怎麼樣？春節過得還好吧？」我問她。

「好。不好意思，姑爺，我趁這個春節，請人把家裏的房子翻修了一下，所以耽擱了些日子。真是對不起，特別是對不起蘇醫生，可把她給累壞了。」保姆歉意地說。

我朝她笑道：「阿姨，你別客氣啊。春節嘛，是該在家裏好好過年的。對了，飯做好了沒有？我可餓壞了。」

「好了。」她笑著說。

我看著宮一朗，「小宮，怎麼樣？就在我家裏吃頓飯吧，我們喝點酒。」

「那怎麼好意思呢？」他說。

我頓時笑了起來，因為他的話已經表明，他是答應了我的邀請。

於是，我急忙吩咐正站在旁邊呆呆看著我們的阿珠道：「阿珠，去拿酒。」

「哦……好！」她高興地答應了一聲。

這個初春是我最忙碌的季節，俗話說「種瓜得瓜，種豆得豆」，我希望在這個春天裏好好播種，更希望能夠在秋天享受到豐碩的果實。

醫院的專案我不再插手，王鑫也從來沒有來找過我。不過，上官卻依然經常在電話裏向我抱怨說，王鑫這個人很難相處。

我大笑，每次都好言安慰她。

不過，我不好去找王鑫溝通，因為，既然他都不來找我，這本身就說明，他根本不願意我去插手這件事。

而且，我內心裏還暗地希望專案出些什麼事情。

不過，每次這樣想後，我就開始批評自己，因為我知道，這其實是一種幸災樂禍，更是一種莫名其妙的嫉妒。

於是我又想：你嫉妒他幹嗎？他又不比你能幹。

但事實是，我可能從骨子裏就看不起他。我看不起他，不是因為他是農村人，也不是他曾經貧窮，而是因為蘇華的事情，一直到現在都讓我耿耿於懷。因此，我把他歸結為人品不好的那類人。

其實，我也知道上官琴向我抱怨的目的，但我還是堅持不主動去找王鑫。關我什麼事？我心裏這樣想道。

當然，我心裏對上官琴還是很內疚的。

科研專案的事情，我已經聯繫好了幾家儀器生產單位，分別給了他們相關部分的圖紙。

給一家單位簽約的時候，我要求對方多給我開具了十多萬的發票，由此就順利解決了章院長要我給他女兒報銷他服裝費的問題。

不過，對方單位那種意味深長的笑，讓我感到很不舒服。

好在，章詩語很努力，林易和洪雅操作得也很到位。

章詩語在「江南之星大賽」中獲得季軍，隨後又參加了全國的青年歌手大賽，並獲得了民族類唱法第二名的好成績。

林易對此覺得有些奇怪，因為他是按照第三名的目標在操作的。

所以，他感歎地對我說：「這孩子發揮得太好了，出乎我的意料。」

而我聽聞了這個消息後，卻在私下裏偷笑，我心裏想，奪得這個第二名，顯然和章詩語的個人努力有關，因為我太瞭解這個章詩語在床上的放蕩了。

莊晴前不久打電話來對我說，她參與拍攝的電視劇已經殺青了，目前正在剪輯階段，估計要不了多久，就會在全國大多數電視台播出了。

我很替她感到高興，同時問她最近要做什麼。

她告訴我說，另外一個導演正聯繫她去拍攝一部新的電視劇。

我更替她高興了。

不過，她責怪了我幾句，說我不應該幫章詩語。

我苦笑著說，不是我要幫她，是她父親在運作。

莊晴也就不說什麼了。

「最近我想去黃山一趟，想出去散散心，你有空嗎？」她問我道。

「你去的時候，給我打電話吧，我看看有沒有時間。」我這樣回答她，因為我自己都無法確定自己的時間。

不過，她聽我這樣說，還是很高興的。

其實，我現在根本就不擔心時間的問題，因為如果我要找章院長請假的話，他肯定會同意的，只不過，我心裏始終擔心陳圓和孩子的事情。

宮一朗到我家裏來彈琴已經接近一個月了，但是，她依然一點反應都沒有。孩子在慢慢長大，我發現，自己已經與他有了感情，彷彿一天不看見他，心裏就憋悶得慌。

我在那處石屋旁邊又搭建了兩間小屋，全是用木料搭建成的。石屋雖然破舊，但在經過修葺和簡單裝修後，看上去非常不錯。

有時候簡約才是一種真正的美。

石屋的前面補栽了一些楠竹，屋後栽了十幾棵水杉樹，因為我聽說，這個樹種長得快。

屋外的院壩都用水泥抹過一遍，看上去與農家小院沒有任何區別。

我特地去買了一套茶具，同時也買了幾本品茶的書籍，看過之後，就開始喜歡上了鐵觀音。經過數次品嘗之後，竟然還感覺到了它特有的芳香。

此外，我還去買了一副圍棋。現在我買這副圍棋並不是想要下棋，只是我覺得，這樣的地方應該有這東西，才顯得協調。

這地方剛剛收拾好，那位村長就來了一次。他帶來了酒和菜。我們在院壩裏面喝了一晚上。

村長叫秦緒全，從我們喝酒的過程中，我發現這個人很精明，而且，也還比較豪爽。

當時，他向我諮詢了許多醫學上的問題，幸好他是外行，所以提出的問題都很膚淺，我一一解答，他就不住讚歎我的醫術高明。

對此，我哭笑不得。不過，我看得出來，他確實是想交我這個朋友。

其實我也有些喜歡他。

後來，他問我：「你一般什麼時候到這裏來住？」

我回答說：「心情不好的時候，需要清靜的時候。」

我希望他能夠明白，我到這裏來不是來喝酒的，也就是說，我並不希望他經常來打攪我。

他很聰明，頓時就明白了，「那這樣，馮醫生，今後你有什麼事情，招呼我一聲就是了。我給村裏的人也說說，沒事不要來打攪你。」

我心裏很高興，對他說著感激不盡的話。

再後來，他問我能不能幫他想個賺錢的辦法。

他說：「馮醫生，你是大醫院的人，接觸的人多，你看，我們這地方做什麼最賺錢？」

我頓時怔住了，眼睛從前面的石屋掃過的時候，眼裏頓時一亮，於是問他道：「這石屋的石料是從什麼地方來的？」

「就是這山上的，我們這山上都是石頭。」他回答。

於是，我告訴他說：「現在，下面這座城市正在快速向北邊擴展，需要大量的石料，也需要磚瓦，碎石還可以用於修路。你不妨開一個石料廠，肯定賺錢。」

他卻皺眉說：「有人搞過這樣的工廠，但銷售困難。現在什麼都要靠關係。」

我笑道：「你開吧，我負責幫你想辦法銷售。」

「這樣一個廠投下去要十多萬呢，萬一到時候……」他猶豫著說。

我拍了拍他的肩膀，「這樣，我讓你先去簽合同，然後再開廠，怎麼樣？或者我可以在你的廠裏面控股。這樣，你放心了吧？」

他大喜，「真的？你太有辦法了。我就說嘛，你肯定不是一般的人。」

這下，輪到我詫異了，「你怎麼就覺得我是不一般的人呢？」

「你們城裏的人生活條件那麼好，跑到這地方來住，肯定是事情太多了，想找一個清靜的地方歇息。只有幹大事的人，才有那麼多的煩惱，也才會想到找這樣一個地方。還有，你開那麼好的車……呵呵！看來我猜對了。」他笑著說。

我不得不佩服他的聰慧。

幾天後他來到了我們醫院，我帶他去找了上官琴，我介紹村長是我的遠房親戚。

在去找上官琴之前，我特地吩咐村長說，不要告訴任何人我那石屋的事情，他心領神會地說，我知道呢，知道的人多了，你就清靜不了了。

上官琴說：「不需要簽合同，到時候，你有多少我們要多少就是。碎石也要。我們的社區裏面，本來就要修路。」

村長還是很擔心，於是我說道：「這樣吧，你給他寫個文件，蓋上章，我也是股東呢。」

上官琴頓時笑了，「你呀，啥事都去摻和！」

余敏的事情早已經做好了，錢也付過去了。她幾次打電話要請我吃飯，我都拒絕了。

「聽說，你們醫院準備買一台八百毫安培的照光機，你能不能幫我想辦法？」她問我道。

「你只是聽說，能確定嗎？」我問道。

「這……」她說。

我苦笑，「資訊很重要，你想想，如果你的資訊不準確的話，我去問可就不好了。」

「我和你們醫院的人不熟悉，怎麼問嘛。」她說。

「你上網看啊？醫院對這種大型設備的招標都要在網上發佈的。你怎麼做生意的啊？怎麼這都不知道？」我更加哭笑不得了。

她這才說：「我問清楚了再找你吧。」

我唯有歎息。

科室的檢查專案開展得很不錯。不過，有幾位醫生也太不像話了，她們連痛經、性病病人都要開那樣的檢查專案，對此，我在科室的會上批評了她們。

我說：「大家不要鑽到錢眼裏面去了，如果病人反映到醫院領導那裏，或者到報社去的話，大家的臉上都不好看。而且，還很可能會取消我們的這些檢查專案。這樣就得不償失了……」

這樣，醫生們才收斂了許多。

每個月發錢的時候，大家都很興奮，我看著她們高興的樣子，心裏也很有成就感。

民政局的那個專案，預售情況相當不錯，我不得不佩服江南集團的銷售策略，因為預售的時候，竟然出現了排隊拿號的情況。

後來常育說，算了，我們的那個女性中心就不要搞了，讓江南集團也賣了吧。經營起來麻煩，還不如直接換成錢，去搞其他方面的投資。

我和洪雅都沒有反對。其實，現在看來，當初還是眼光短淺了些，因為當時沒想到搞房地產這麼容易賺錢。

其實也是，搞什麼女性中心啊？經營麻煩不說，還可能出問題。

當時，常育也說了一句：「把我們江南有錢人的老婆都集中在那地方，不出問題才怪呢。」

不過，我還是有些許遺憾，因為我答應蘇華的事情泡湯了。

於是，我去和蘇華商量，「我們醫院的分院，今後你願意去嗎？我給章院長說說，應該沒問題的。」

她想了想說，「等我考了博士後再說吧。我不相信一個博士還找不到工作。」

我想也是，同時也明白她依然是那麼的好強。

孫露露已經註冊好了公司，辦公地點就設在我們醫院對面不遠的地方，我選擇這樣的地方，主要是為了我方便。因為我對孫露露說了，凡是大的開支專案，必須得我同意才行。財務總監必須要看到我的簽字，才會把錢劃撥出去。

現在，我的資金已經不再是問題，因為民政局專案所賺的錢，林易劃撥了部分過來，洪雅的錢也投了進來。她當然看得出來我這個公司的美好前景。

康得茂在上次談話之後，一直沒得到去省政府的通知，他著急得像熱鍋上的螞蟻，但卻又不能表露出來，只是每次和我在一起喝酒的時候，才顯現無遺。

我問過他是否繼續與丁香來往的事情，他躲閃其詞，我頓時就明白了。

後來他問我：「這個丁香，是不是你的病人？」

我這才明白他心裏的顧忌，於是笑道：「是我的病人，不過，我可和她沒有任何的關係。」

他這才說了老實話，「我蠻喜歡她的，就是擔心你和她曾經有過什麼關係。我們是老同學，好哥兒們，我覺得不好。」

我大笑，「你這傢伙，我是那種把自己用過的東西再拿來給你用的人嗎？」

他急忙地道：「她不是東西！」

我一愣，「對，她不是東西，是人。」

他也笑了起來，「你看，就是你，不然，我怎麼可能犯這樣的低級口誤？」

我笑道：「你們官員就不犯這樣的低級口誤啦？」

他說：「那是當然。據說，以前我們江南省的某位領導去參加某個專案的剪綵活動，在講完話後，主持人說，下面，先請某領導下台。結果，不多久，這位第一把手就受影響了。領導最忌諱這樣的事情了。」

我不禁哭笑不得。

康得茂接下來多說了一句話，我頓時完全相信他了，因為他的那種感覺，我覺得非常真實。這種真實，只有我這樣的人才可以體會得到。

他說：「我看見她第一眼的時候，我的心顫抖了一下。」

我一點都不相信，「得茂，你這傢伙少騙我，我記得你看見阿珠的時候，也有這樣的感覺。難道你的感覺氾濫了？」

他說：「開始的時候我也不知道，我以為自己喜歡的是阿珠。但是，馮笑，你知道嗎？在我的夢裏，只要出現了阿珠，我就覺得很高興；但丁香出現的時候，我卻會夢遺，夢遺！你知道嗎？真正的夢遺！」

我頓時震撼了，因為他的話裏包含著兩重心理學的概念。

我「嘿嘿」地笑，「得茂，我知道你內心想的是什麼了。哈哈，你要知道，我可是醫生，對心理學也有研究。行了，這件事情你就別管了，我一定給你一些特別的幫助。但是現在，你馬上要離開現在的單位了，怎麼樣？上次你說的那個專案，是否可以考慮一下了？你的那筆錢，我可是要一併投下去的哦。」

「沒問題，我早就說好了。我是市委的秘書長，開玩笑，一個專案還是搞得定的。」他說。

我笑道：「好，明天我讓孫露露來找你。如果你覺得她搞不定的話，我出面就是了。」我喝了酒，說話有些隨心所欲，這好像是我第一次這樣大包大攬。

「好，你讓她來找我就是。開玩笑，我都搞不定的事情，誰可以搞定？」他豪氣地道。

後來，我給孫露露打了電話。再後來，孫露露去談了，專案就成了。

激將法在某些時候還是很起作用的。

接下來，我給常育打了個電話，她說得很輕鬆，「你讓你的人直接來找我就是了。」

於是，孫露露一下就拿下了兩個專案，當時統計的投資額為三個億。

孫露露給我彙報的時候，我頓時笑了。

有件事情我沒有想到，江南集團兼併水泥廠的事情遇到了阻力。常育雖然是市委書記，但當地人大和政協的很多人堅決反對。常育說，她正在找那些老同志單獨談話。

就這個專案而言，常育絕對是為了當地經濟的發展，所以，她知道，必須做大量的工作。

有一天，林易到家裏來找我，他直接把我拉到了書房裏。

「常書記在生我的氣，這件事你去幫我解釋一下。」他說，憂心忡忡的樣子。

「為什麼要生你的氣啊？」我詫異地問道。

「還不是水泥廠的事？當初不是遇到了阻力了嗎？常書記正在做那些老同志的工作，省裏卻忽然有個領導給人大、政協的主要負責人都打了招呼，結果，事情很快就解決了。但是，常書記卻很不高興了，因為她認為，是我去找的人。」他說。

我不明白，「事情解決了不就行了嗎？她幹嗎要生氣啊？」

他搖頭，「如果是我也會生氣的。因為省裏的領導打招呼了，這說明上面的人在懷疑常書記的能力。」

我頓時明白了，隨即問他道：「那究竟是不是你去找的人啊？」

「沒有啊！省裏的領導我雖然認識幾個，但交情都不深。不然的話，我費盡心思去接觸黃省長幹嗎？可問題是，我給常書記解釋，她根本就不相信啊。現在事情成了，反倒把她給得罪了，這可不是我想看到的情況。與其如此，我還不如不做這個專案呢。」

他說，隨即又道：「真是奇怪了，怎麼會出現這樣的情況呢？」

我也覺得奇怪，於是問他：「難道是童陽西去找的人不成？他不會有那樣的背景吧？」

他點頭，「我問過他，他說他也不知道。所以，我才覺得這件事情很奇怪。」

我頓時笑了起來，「呵呵！事情辦成了，你反倒不滿意了。得了，我去找常姐說說。」

「隨時給我通報情況。」他拍了拍我的肩膀。

於是，我給常育打了電話，她讓我去她辦公室見她。

第九章

# 掙錢不能過分

莊雨不笨，我說了個大概，他就心領神會了。
「不要太過分，錢是掙不完的，過分了的話，別人也很難辦。
一會兒童總派車來接你，目的是讓其他人知道你是有關係的人，
所以今後，一般的事情他們是不會說你什麼的。
但做得過分了的話，就不好說了。到時候，我也保不了你。
適當地吃回扣無所謂，但回扣吃多了就是犯罪啦。明白嗎？」

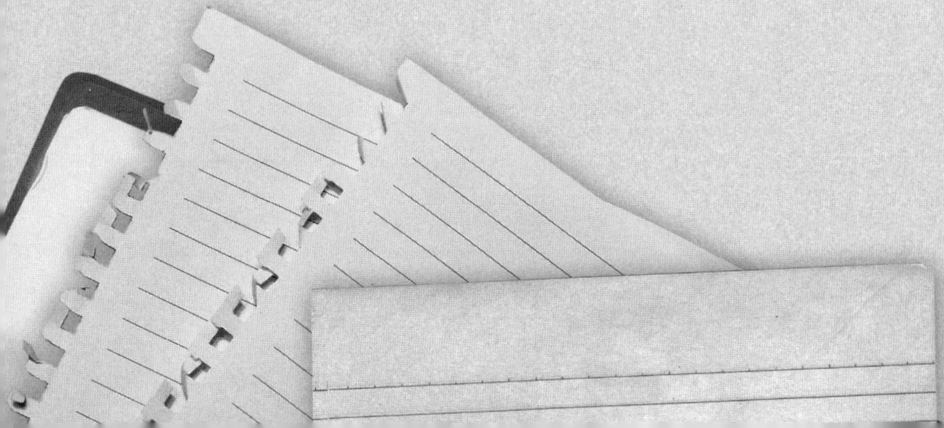

常育當市委書記後，我是第一次到她的辦公室，我驚訝地發現，一個市委書記的辦公室竟然是如此的豪華和寬大。

常育的秘書是一位小姑娘，並不漂亮，但看上去很機靈的樣子。

我到了後，常育即刻吩咐她的秘書道：「沒有特別的事情，不要讓任何人來打攪我。」

隨即，常育將她辦公室的門反鎖了。

我有些惶恐，「姐，沒什麼吧？你可是市委書記。」

我是擔心有些事情對她的影響不好，心想，她應該完全明白我的意思。

她卻說，「我是這裏的市委書記，這樣的事情又不是第一次。你不要誤會我的話，我是說，我經常像這樣關起門來說話，特別是說人事安排的問題的時候。」

於是，我開始談正事，「姐，我岳父來找我了。他說，他根本就沒去找什麼領導。」

她朝我微微地笑，「搞清楚了，確實不是他去找的人，是我們這裏發改委的同志直接去找上級。他們向省發改委彙報了情況，省發改委又彙報到了省政府分管的領導那裏。」

我詫異地問：「他們竟然沒來向你彙報？」

她淡淡地笑，「都是為了工作嘛。而且，地方上很複雜。」

我點頭，「倒也是。不過，這件事情對你沒什麼影響吧？」

她說：「對我有什麼影響？不都是為了工作嗎？」

我點頭，隨即道：「姐，那你忙，我先走了。」

她止住了我，隨即從她的座位處站起來，來到我身旁，伸出雙手緊緊將我抱住，「馮笑，姐最近好累，去我的休息室，給我按摩一下。」

「嗯。」我說，隨即也伸出手去攬住了她的腰。

「端木雄死了。雖然我以前那麼恨他，但是現在我才發現，自己還是忘不了他，畢竟我們有過那麼一段純真的感情。」她在我耳邊低聲地道，「馮笑，你說我們活著還有什麼意思？一個人說死就死了，這個世界再也不會出現這個人了。每當我想起這件事情的時候，就覺得太可怕了。」

「姐，事情已經出了，你就不要多想了。我是醫生，平常在醫院裏見到的死亡很多，而且，我身邊的人也死去了好幾個了。人生確實是無常。正因為如此，我們活著的人才更應該活好我們的每一天。誰也不知道自己哪天就離開這個世界了，所以，千萬不要給自己留下遺憾才對。」我柔聲地對她說。

「你真會說話。好吧，那來吧，給姐好好按摩一次，讓姐好好舒服舒服。」她的聲音就在我的耳畔，呵氣如蘭，隨即，她的牙齒輕輕咬住了我的耳垂。

在她辦公室的一側有一道門，我抱起她朝裏面走去。打開門的時候，我看見裏面是一個大大的房間，一張大床，裏面電視、冰箱什麼的都很齊全，還有洗漱間。

「你們當領導的，真會享受。」我笑著對她說。

「幫姐把衣服脫了。」她閉著眼對我說。

我伸手解她扣子的時候，她的呼吸開始急促起來……

孫露露把公司打理得很不錯，我看了公司的情況後，感到很滿意。她把她的位置讓給了我，隨即去將她辦公室的門反鎖了，然後來到我的旁邊坐下，「馮大哥，你還滿意吧？」

「你很能幹，看來我沒看錯人。」我說。

「我很喜歡這個地方，今後乾脆搬到這裏來住算了。」她說。

「好啊，到時候，我送給你一套房子就是。在設計的時候，你可以把自己的那套房子好好設計一下。」我笑著說。

「你介紹來的那個人，水準還不錯，設計出來的東西很有品味。我想了，我們的專案應該走高端樓盤的路徑，因為我發現，這地方的人比省城裏的人還有錢。我做了一個問卷調查，一般樓房、花園洋房和別墅中，百分之六十的人竟然選擇了花園洋房，還有百分之十的人選擇了別墅。這百分之六十的人，就是我們未來樓盤的潛在客戶。」她說。

我問她道：「這是舊城改造呢，要還別人原有的面積的，這樣豈不是虧了？」

「還不了多少的，單獨修一棟高層來還就是，占不了多少的土地。我計算了成本，沒問題的。」她說，隨即輕笑，「我去給你泡茶。」

有一件事情我沒有想到，莊晴的哥哥莊雨到省城來找我了。

他給我打電話的時候，我正在辦公室裏分析自己的實驗資料，準備撥打丁香的電話，因為我需要她替我對那些資料進行統計學方面的計算。

就在這時候，我的手機響了。

「馮醫生，我是你姐夫莊雨啊。」電話裏面傳來了一個有些陌生的聲音。

我一時間沒有反應過來，「莊雨？」

「是啊，我是莊晴的哥哥。」他說。

我這才猛然醒悟了過來，同時也知道，莊晴並沒有把真相告訴她的家人。

可是，她為什麼不給我打電話，告訴我她哥哥要來找我？他來找我，會有什麼事情？

我隨即問他道：「你現在什麼地方？」

「在長途汽車站，我找不到你們醫院在什麼地方。」他說。

我頓時明白了，他是想要我去接他。

「你在那裏等著，我馬上來接你。」我說道，隨即匆匆離開了辦公室。

在去往長途車站時，我給莊晴打了電話，可是，她的手機卻處於關機狀態。

我不禁苦笑。

我將車停下的時候，就看見他了。他正站在那裏四處張望，身上穿著軍大衣。他的身旁有兩個大大的編織袋，其中一個袋子還在蠕動，同時還有「咯咯」的雞叫聲傳出來。

我急忙朝他跑去。

他也看見了我，「妹夫，我在這裏。」

「怎麼想起到省城來了？幹嗎不提前給我打個電話啊？你看，這麼冷的天，你站在這裏等我這麼久，多不好意思的。」我說。

「我本來想直接去你們醫院找你的，可是到了這地方人都暈頭了，問了好幾個人，他們都不告訴我你們醫院在哪裏，妹夫，你們省城的人看不起我們鄉下人呢。」他說。

我不禁苦笑，「不是他們看不起你，是因為你問的是醫院，別人擔心你會有什麼病，害怕被傳染。」

我這只是猜測。

本來我想問他為什麼不搭計程車的，隨即想到，這個問題就如同古代某個昏庸的皇帝問饑民為什麼不吃肉糜一樣的可笑。

「來，上車。把東西拿到車上去，外面太冷了。」我說，隨即去提其中的一個編織袋，「怎麼這麼重？」

「我來提這個，是我給你拿的米和豆子，都是我自己種的。你提這個口袋吧，裏面的雞和鴨子。沒有餵飼料的，真正的土雞土鴨子。」他說。

「好東西。」我笑著說，隨即和他一起上車。

「你怎麼知道我的電話？」上車後的第一件事情就是問他這個。

「上次你和莊晴一起回家，她告訴我的。」他回答說。

我有些詫異，「你最近沒給她打電話？」

「她的手機關機了，我打了好幾天都沒打通。」他說。

於是，我試探著問他：「那你知道她現在什麼地方嗎？」

「她不是說了她現在北京嗎？當演員去了，是吧？」他反問我道。

我點頭，但卻不知道接下來該怎麼說了。

接下來，該如何安排他呢？

想了想後，我才問他道：「你到省城來，有什麼事情嗎？呵呵！你別介意啊，我是想問清楚後，才好安排下一步的事情。」

「我想請你幫我找一份工作。我們村裏很多人都出來打工了，我也不想再待在鄉下，種糧食賺不到什麼錢。」他說。

「哦，這樣啊。好，我先去給你找個旅館住下，然後，儘快幫你找一份工作。」我說，心裏頓時輕鬆了下來，因為他的這個要求，很容易辦到。

「我就去你家裏住吧，何必去花那些錢呢？」他卻這樣說道。

我頓時怔住了。

「妹夫，你是不是嫌我太髒？」他發現了我神色的變化，頓時不悅地道。

我覺得自己必須告訴他真相了，不然的話，他肯定會誤會。

而且，這種隱瞞毫無意義。我是這樣想的。

於是，我將車停靠在了馬路邊，「莊雨，有件事情，我必須要告訴你。我和莊晴並不是上次她說的那種關係。」

「怎麼可能？我爸爸都告訴我了，那天晚上，你們倆都睡在一起了。」他說。

我：「這……我這樣對你說吧，你看過以前的有些電影吧？就是兩個人假裝成夫妻，搞地下工作那種……」

我還沒說完，就聽到他即刻問道：「你們也是特務？」

我哭笑不得，發現自己越說越攪了，急忙地道：「我們當然不是什麼特務了。就是說，我們的關係是假的，目的是為了騙你父母。因為當時，莊晴還沒有告訴你父母她辭職的事情，是害怕你父母擔心她。明白了嗎？」

他搖頭，「我不相信。如果真是那樣的話，你幹嗎要給我們那麼多錢？你又不是傻子。馮笑，你是不是看不起我？覺得我來這裏，給你添麻煩了？」

我發現他對我的誤會越來越大了，不過，他說的也很有道理：是啊，我幹嗎平白無故給他和他父親錢？

可是，我不可能說我和他妹妹的那種關係，畢竟我和莊晴之間的那種關係，是不符合社會倫理的。

情急之中，我只好這樣回答他：「那些錢其實是莊晴給我的，還是那個目的。信不信隨你。我是一個結婚了的人，莊晴以前的丈夫，我也很熟悉。莊雨，你別生氣，我說的是真的。當然，你工作的事情我會幫你的，畢竟我和莊晴是朋友嘛。」

他不說話了，沉默了許久之後，他忽然問我道：「馮笑，我妹妹莊晴，是不是你的情婦？」

我知道這時候必須要馬上回答了，而且，必須嚴肅地回答他，「莊雨，你可是莊晴的哥哥，怎麼會這樣想呢？你知道嗎？她現在是演員了，她演的電視劇馬上就要在全國各地的電視台播出了。如果她紅了的話，會有很多人嫉妒的，那些人正想找些亂七八糟的東西來給她潑污水呢。你可是她的哥哥，怎麼能這樣去想自己的妹妹呢？」

他頓時張口結舌起來，「我……」

「好了，我馬上帶你去一家旅館住下。」我說，再次將車緩緩地開到了馬路的中央。

隨後，我在家與醫院之間找了一家旅館，給他開好房後，從身上取出一千塊錢給他，「你先住下，我還在上班，晚上有空的話，我來陪你吃頓飯。你放心，我會很快給你找個工作的。」

隨後，我回到了醫院。

帶著僥倖試探的心思，我再次撥打了莊晴的電話。

讓我沒有想到的是，她的電話竟然通了。

「你的電話怎麼回事？怎麼關機了？」我問道。

「最近換了一個號碼，以前的號碼打來的人太多了。剛才忽然想起你可能會給我打電話，所以才開機了。」她說。

我覺得她是在撒謊，「你直接把你的新號碼發給我不就得了？」

她停頓了一會兒後，才說道：「我怎麼沒想到呢？」

「算了，我知道你現在的圈子和以前不一樣了。我理解。莊晴，你哥哥到我這裏來了，想讓我給他找一份工作。我已經答應了。不過，我把上次我們一起騙你父母的事情也對他講了。本來想事先和你商量一下的，可是，打不通你的電話。」我一口氣把事情全部告訴了她。

手機裏傳來了她很細小的聲音，「對不起，馮笑，我在黃山。」

我似乎明白她關手機的原因了，「你談戀愛了？」

「沒有，我和一位導演在一起。」她說。

我頓時不語。

「馮笑，謝謝你，謝謝你幫助我的哥哥找工作。我知道，你永遠都是我的好朋友。」她說。

我歎息了一聲，輕輕地掛斷了電話。

其實，我很理解她，因為她現在沒有了任何的退路。林易幫助她進到影視圈，但是，接下來的路還得她自己去走啊。她除了身體，還有什麼可以利用的？這是一個強者的社會，弱者如果不努力掙扎一番的話，根本就不會有什麼機會。

我相信她的話，她確實在內心把我當成了好朋友。不然的話，當初她也就不會給我打那個電話了，這說明，最開始她想到的還是我，想讓我陪她去黃山。只不過，最終還是眼前的利益戰勝了友誼。在這種情況下，她就只有關機了。

想通了這一點後，我的心情好多了。準確地講，是我一點也不生莊晴的氣了。

我隨即給孫露露打電話，「我有個人，你替我安排一下。」

「什麼學歷？學什麼專業的？您希望放到什麼位置？給多少錢？」她問。

「農村來的，一個遠房親戚。就種莊稼的。」我說，「你看看，能不能讓他去公司的食堂做事，這工作輕鬆一點。」

「我覺得不合適。農村出來的人是不怕吃苦的。他們需要的是相對高的收入。」她說。

「有道理，那你馬上安排吧，下班後我就把他送來。」我說。

「我們公司安排可能有困難，因為現在還沒開始建設，拆遷還沒有開始。」她說。

「先養著吧，不在乎多養一個人的。」我說。

「不行。雖然你才是真正的老闆，但我是具體替你操作的人，我必須對你負責，降低公司運行的成本是我必須要堅持的原則。這樣吧，我給童陽西說一下，他那裏最近需要人。」她說。

我想也好，把莊晴的哥哥放在我自己的公司裏面也不大好，錢給多了，其他人會有意見，不便於管理，給少了，莊晴今後難免會有意見。莊雨畢竟是她的親哥哥。

下午下班前，童陽西給我打來了電話，「馮醫生，你的事情我聽露露講了，我已經安排好了，讓他當我們食堂的採購。工資嘛，先每個月給他兩千。採購嘛，呵呵！他精明一點的話……馮醫生，這就不需要我多說了吧？只要不太過分就行。」

「好，謝謝啦。下班後我把他送來。」我說。

「不用了，我派駕駛員來接他就是。你太忙了。」他說。

我隨即把那家旅社的地址告訴了他，然後，離開醫院去到莊雨那裏。

有些事情，我得提前和他說說。

莊雨不笨，我只說了個大概，他就心領神會了。不過，我還是再次提醒他，「不要太過分了，錢是掙不完的，過分了的話，別人也很難辦。一會兒你們童總派車來接你，目的就是讓其他的人知道你是有關係的人，所以今後，一般的事情他們是不會說你什麼的。但是，做得過分了的話，就不好說了。到時候，我也保不了你。適當地吃回扣無所謂，回扣吃多了就是犯罪啦。明白嗎？」

他連聲答應。

我本來還想對他說幾句的，但是，自己都覺得自己嘮叨了，於是作罷。

不多久，童陽西派的車就到了。

我忽然想起了一件事情，「我已經給莊晴打通電話了，把你的情況告訴了她。你自己再給她打一個電話吧。」

他看著我憨厚地笑。

車開走了，我頓時鬆了一口氣。

這本來是一件很小的事情，但不知道是為什麼，我竟然感覺到了一種很大的壓力。可能是我太在乎莊晴了，我心裏想道。

晚上的時候，收到了莊晴的一則簡訊，就三個字：謝謝你！

她的這三個字，讓我高興了很久。

第二天一上班，護士長就來到了我辦公室，「馮主任，你看看今天的報紙。出大新聞了。」

我接過報紙來看，發現是今天的晨報，頭版上幾個觸目驚心的大字：男科醫院竟然是賣淫場所！

我大為訝異，急忙去看內容，內容卻在第三版，不禁苦笑：現在的報紙也真是的，竟然搞這樣的噱頭。

報導最後寫道：目前，公安機關正對此進行調查。

看完後，我不禁歎息，「現在的人啊，只要為了錢，什麼都做得出來的。」

護士長說：「是啊。」

轉頭又想到，她平時並不八卦，應該不會只是想拿這篇新聞來給我看，肯定還有什麼事情要找我。

所以，我放下報紙就直接問她道：「說吧，有什麼事情要找我？」

她詫異地看著我，隨即有些扭捏起來，「馮主任，是這樣。我女兒不是在心理科當護士嗎？她想換個工作。我知道，你和醫院裏面的領導關係不錯，所以……」

「這件事情護理部就可以辦了啊？你是我們科室的護士長，與護理部的關係應該很不錯吧？」我問道。

「本來以前和護理部的主任關係很不錯的，不知道是為什麼，她現在根本就不理我了，說話陰陽怪氣的。」她說。

我也很詫異，「你不會是什麼地方得罪了她吧？」

她搖頭，「哪裏啊？還不是我們科室有了檢查專案，她們眼紅嫉妒罷了。」

我頓時怔住了，「不會吧？」

「還不止護理部，內科的好多科室都對我們不滿呢。現在，他們都向醫院申請集資搞檢查專案呢。」她說。

我頓時笑了起來，「這樣啊。我說嘛，遲早的事情。要不了多久，醫院就會把大專案收回去的。」

「馮主任，你真是很有遠見呢。大家都這麼在說。」她笑道。

「總算對得起大家了。能夠為大家辦點實事，我已經很高興了。」我說。

這是我的真話，當然，我這樣做的目的，也是為了坐穩這個主任的位置。

「說實話，最開始的時候，大家都不怎麼服氣你的，因為你太年輕了。當時，很多人都在存心看你的笑話。不過，現在不一樣了，大家都很佩服敬重你呢。」她說。

我微微地笑，知道她說的是真話。但我不想繼續和護士長扯這樣的事情，也知道她僅僅是為了讓我高興呢，還是要解決她女兒的事情。

於是，我問她道：「你希望你女兒去哪個科室呢？」

「到我們婦產科來最好了，實在不行的話，去外科也行。」她說。

我這才明白她真正的目的，於是，我微笑著問她道：「你怎麼不早點提出來啊？現在我們科室好像沒有編制了吧？莊晴走後，不是馬上就補了一個了嗎？那時候你提出來多好？」

「當時不也是……呵呵！馮主任，你是知道的。」她說。

我當然知道，她當時是不願意出兩份集資的錢，因為那時候，大家都還沒有十分的把握。可是現在……

我不好直接拒絕她，因為我知道，她向我提出這個請求，肯定也是猶豫了很久的。很多時候，我們不能只看某個人自私無恥的那一面，其實，一個人要做出自私無恥的決定，有時也需要經歷糾結和痛苦，只不過，最終往往是個人的私欲會戰勝理智罷了。

於是，我說道：「護士長，到我們科室來問題倒是不大，我同意你同意就行了。但是，你想過沒有，如果你女兒真被調到我們科室來了後，大家會怎麼想？你今後的工作又如何開展？況且，現在設備的集資都完成了，她來了後，我怎麼安排她的分紅？安排吧，大家肯定有意見，不安排吧，又覺得對不起你。這……」

她的臉頓時紅了，「我知道，那就算了。」

「我給醫院的領導講一下吧，就安排到外科去。」我說。

「還是我自己去說吧。」她卻這樣回答。

我頓時完全明白了，原來她就是想讓她女兒到我們婦產科來，而且，希望拿到集資人員的分紅。

這肯定不行，我必須堅持這一點，不然的話，今後會出現更多類似問題的。

護士長離開了，很不高興的樣子。

我沒有理會她，心裏只好感歎人心的不足。

第十章

# 不如離去

「馮笑，對不起，我不能再幫你了。你知道嗎？
我在你家裏待的時間越長，心裏就越難受。
我要面對陳圓，又要面對你，這對我是一種折磨，
你有錢，可以找其他人來接替我的工作。
對不起，我只是告訴你一聲罷了，根本就沒指望你同意，
或者幫助我什麼的。」她冷冷地道。

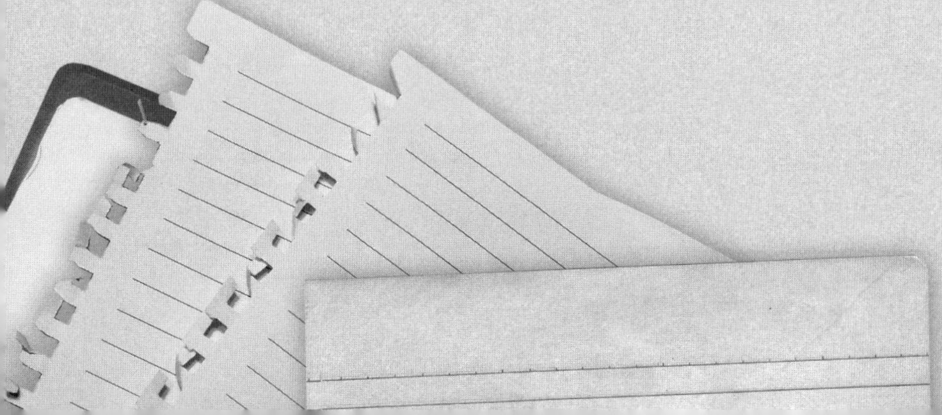

當天，我約了丁香喝咖啡。當然是為了請她幫忙。

她看了我給她的資料後說道：「過幾天我把結果給你，我需要時間計算。」

我不住地感謝。

她瞪了我一眼，隨即問我道：「那處石屋你買了嗎？」

我詫異地看著她，問道：「你怎麼知道我要買那地方？」

她笑道：「那天，我看你注視那地方的眼神就知道了。當時，你的眼睛裏在發光。」

「不會吧？」我笑道，「還別說，你還真看出來了。我已經把那地方整理好了。偶爾會去待上一會兒。」

「什麼時候帶我去啊？」她問我道。

「你和康得茂的關係處得怎麼樣了？」我問道。

「這件事情和他有關係嗎？」她反問我。

「當然有關係了，他是我好朋友，如果我們兩個人去那個地方的話，他會誤會的。那畢竟是一處私密的地方。」我說。

她一怔，隨即輕聲地歎息道：「早知道這樣，還不如不去和他交往呢。」

我沒明白她話中的意思，「為什麼這樣說？」

她的臉頓時紅了，「我覺得他很不錯，可是，你現在竟然迴避和我在一起，讓我覺得很失落。」

我頓時笑了起來，「為了愛情，我們的友誼受點損失，沒什麼的。得茂和我是好朋友，今後，大家肯定會經常在一起的。丁香，祝賀你啊。」

她卻不說話，拿起我給她的資料呆呆地看。

我頓時覺得無趣，「丁香，這件事情就拜託了。謝謝你。」

她把資料放到包裏，朝我伸出手來，「別客氣，再見。」

她離開了，我忽然有一種蕭索的感覺。

又一個女人與我有了距離感。

這是必然的，今後，她們都將一一離我而去。我這樣對自己說。

隨後，我在咖啡廳裏呆坐了很久，直到蘇華給我打來電話，才讓我清醒過來。

「馮笑，你今天可以早點回來嗎？我想和你商量一件事。」她對我說。

我現在反正也沒有事，於是就告訴她，我馬上就回家。

回到家的時候，宮一朗正在彈琴，而且阿珠也在，她依然站在鋼琴邊，如癡如醉的樣子。

我笑了笑，然後去尋找蘇華。

蘇華在她的房間裏。我進去後問她道：「什麼事情？這麼急？」

「你看看這個。」她遞給我一份報紙，就是今天的晨報。

「我看過了，不就是男科醫院的事情嗎？怎麼？和你有什麼關係？」我問道，心裏忽然緊張起來：難道和她有關係？不會吧？

她瞪了我一眼，「什麼啊？報紙後面的內容你沒看？」

我頓時鬆了一口氣：就是嘛，怎麼可能和她有關係？於是問道：「什麼內容？我沒看完。」

她即刻打開，指了指上面，「你看這裏。」

我看清楚了，原來是說我們江南省臨近的一個地方發生霍亂疫情的消息。

我更不明白了，「你有親戚在那地方？你想去那裏？不行，那可是疫區。」

「我想去當志願者。我以前是醫生，雖然現在不當了，但我的行醫資格還有。馮笑，我不想待在這裏。現在我想明白了，其實，我一直在逃避。雖然你家裏確實需要我，但是，我不能這樣自欺欺人，我要去為更多的人服務。馮笑，可能你並不能理解我，但是，我就是這樣想的。請你原諒。」她說。

我確實不能理解她，心想：難道她遇到什麼不順心的事情了？於是問道：「你和江真仁怎麼樣了？是不是吵架了？」

她搖頭，「吵架的話，反而好了，也就是不冷不熱的。我知道，他其實內心裏看不起我，所以，我才想去做一些更有意義的事情。」

我還是不解，「那你為什麼要讓我幫他？」

她黯然地道：「他畢竟是我的丈夫，我對他畢竟有過感情，而且，是我對不起他。我請你幫他，其實也是在幫我自己贖罪。」

我似乎明白了，不過還是勸阻她，「蘇華，你要知道，那地方可是疫區，不是鬧著玩的。還有，那樣的地方，應該已經被隔離了，你根本就進不去。」

「所以，我才請你幫忙啊。只要你幫我開一張醫院的證明，證明我是你們醫院的醫生，我就可以去成為志願者了。」她說。

我搖頭，「我不同意，太危險了。」

她卻說：「你不同意就算了，我直接用我的醫生執業許可證去報名。同意不同意隨你的便，我馬上就走。」

「蘇華！」我還想阻止她。

「馮笑，對不起，我不能再幫你了。你知道嗎？我在你家裏待的時間越長，心裏就越難受。一方面，我每天要面對陳圓，另一方面，又要面對你，這對我簡直是一種折磨，你知道嗎？你有錢，可以去找另外的人來接替我的工作的。對不起，我只是告訴你一聲罷了，根本就沒指望你同意，或者幫助我什麼的。」她冷冷地道。

隨即，她竟然提起早已經整理好的皮箱，甩門而去。

我頓時怔住了，一會兒後才反應過來，急忙追出去。

蘇華卻早已經出了門。

「阿珠，你怎麼不拉住她？」我有些氣急敗壞。

宮一朗即刻停止了彈琴。

阿珠詫異地問我道：「出什麼事了？」

我不想理會她，快速追了出去。可是，外面沒有蘇華的蹤影。我急忙去到電梯口。電梯正在下樓，我只好等候。

我家裏再次傳出了琴聲。

電梯終於來了，我急忙進入，卻發現它繼續在朝上面走。我心裏著急卻毫無用處，急忙摸出手機撥打，電話通了，但她根本就不接聽。

等我到了樓下，早已經沒了她的蹤影。

我不住地跺腳，也不知道是在生誰的氣。

我即刻給江真仁打電話，「蘇華走了，你知道她的想法嗎？」

「她去哪裏了？她什麼都沒對我說。」他詫異地道。

「我們省附近的一個地方出現了霍亂，她要去當志願者。她早已經收拾好東西了，沒對我說幾句就直接跑了，我追都沒追上。」我說。

「馮笑，算了。她的脾氣你又不是不知道，她決定了的事情，任何人都勸不回來的。算啦，讓她去吧。」江真仁說。

我覺得他也太過冷酷無情了，於是說道：「你知道嗎？她說你對她冷冰冰的，說你看不起她。所以，她才決定去做這樣的事情的。」

「我儘量想讓自己原諒她。可是，你也是男人，你應該理解我。馮笑，她這樣也好，只要她覺得自己在做一件有意義的事情就好。」他歎息著說。

我頓時不再說什麼了。因為我忽然明白蘇華為什麼要這樣去做了，她是在折磨她自己。

而我現在就麻煩了，因為我必須馬上找到一位能夠照顧陳圓的人。

可是，我能夠去找誰呢？短期之間，怎麼可能找到合適的人？

回到家裏的時候，宮一朗正在收拾東西準備離開。

阿珠看著他不說話，而宮一朗根本就沒有理她的意思。

「馮醫生，我走了。」宮一朗對我說。

我抑制著內心的氣憤，微笑著對他說道：「辛苦了，你慢走。」

宮一朗出門後，我發現阿珠還在朝著門口的方向看，我顧不得去考慮阿珠現在的心情，大聲地質問她道：「蘇華走了，你幹嗎不攔住她？」

她似乎這才清醒了過來，「走了？去什麼地方了？」

我搖頭，「阿珠，難道你沒看見她提著皮箱離開嗎？你住在這裏，怎麼對這裏的事情都不聞不問呢？你蘇華姐走了，去當志願者了，那是一個霍亂爆發的地方！你現在明白了吧？」

「啊？」她這才張大著嘴巴看著我，「馮笑，我……」

「阿姨呢？我怎麼沒看到她的人？」我問道，不想和她再說這件事情了。

「不知道，可能是買菜去了吧？」她說。

「唉！」我再次長長地歎息了一聲。

不多一會兒，保姆回來了，她果然是買菜去了。

阿珠自己也覺得犯了錯誤，於是就躲到房間裏不出來了。

我對保姆說：「蘇華走了。明天麻煩你照顧一下陳圓和孩子，我儘快去找到一個接替她的人。」

保姆說：「好，沒問題的。姑爺你放心好了。」

我的心情這才好了點。

我去給陳圓揩拭了身體，替她換了內衣褲，然後，給孩子餵牛奶。做完這一切後，我竟然出了一身汗。由此，我才感覺到蘇華一直以來的工作量是如此巨大。要知道，她要做的，遠遠比我剛才做得多。

手機在響，我急忙去接聽，原來是童瑤，「晚上有空嗎？我請你吃飯。」

「我家裏的事情忙得團團轉，出來不了啊。」我苦笑著說。

「出什麼事情了？」她問道。

我把蘇華離開的事情對她講了，隨後說道：「沒辦法，以後再說吧。你如果找我有事情的話，就在電話裏面對我說就是了。」

「哦，這樣啊。那這樣，你讓你家裏的保姆多做兩個人的飯菜，我一會兒到你家裏來吃飯，可以嗎？」她說道。

「還有誰？」我問道。

她笑著對我說：「到時候你就知道了。」

我暗自納罕。不過，我心裏也有些奇怪：她明明知道我家裏現在的情況，怎麼還來給我添亂呢？這可不是她的風格。

於是，我忍不住準備再次問她，但她已經掛斷了電話。

這個人，真是男人的性格！我不禁苦笑道。

晚上，她真的來了，而且還帶了一個人來。

童瑤在朝著我笑：「我給你找了一個人，接替蘇華的，你覺得怎麼樣？」

我大喜。

童瑤身後，站著她的母親。

我熱情地請她們進屋，心裏喜不自禁，不過，我還是有些擔心，「童瑤，你媽媽不是要上班嗎？」

「我年後就退了。我還對童瑤說呢，準備去找點事情做，這忽然閑了下來，還真擔心不大習慣。這下好了，有事情做了。」童瑤的母親笑著說道。

「太好了，我還按照以前蘇華的待遇給您就是。不過，我心裏有些過意不去，您本來退休了，應該好好休息的。」我客氣地道。

「我聽你以前講過，你給蘇華很高的工資是吧？你不用給我媽媽那麼多錢，她不是醫生。我說了，媽媽只是暫時到你家裏來做一段時間，輸液什麼的我媽媽不會。所以，你最好還是過段時間再去找一個懂醫的人來才行。」童瑤說。

「我可以學啊？」她母親說道。

「媽，您以為當醫生那麼簡單啊？」童瑤急忙地道。

我想也是，不過，我覺得問題的關鍵不在這裏，「醫學方面的我自己做。其實也很簡單，就是每天給她輸入一些營養液，然後預防感染。現在，我的時間比較自由，每天可以安排出時間做這些事情的。阿姨就幫忙給她擦拭身體、換衣服什麼的，順便帶一下孩子就可以了。做飯什麼的，有保姆。」

童瑤的母親朝廚房的方向看了看，「乾脆你也不要那保姆了，就我一個人做就行了。工資我也不要，你就管我和瑤瑤吃飯就行。」

我頓時為難，「這怎麼行？保姆在我家裏做得好好的，我沒有理由讓她走啊？」我低聲地道。

「剛才我聽你說了，如果輸液什麼的都由你自己做的話，根本就不需要請人了，你這是白花錢。」她又說。

童瑤也道：「我覺得也是，算了，是我沒想周全。媽，您還是算了吧，不要和人家搶這份工作了。」

我沒想到，一件好事情搞成了現在這樣，於是說道：「還是要兩個人做，輕鬆些。這樣，我一個月還是給您幾千塊錢，保姆的工資本來就不高，不影響的。照顧好陳圓和孩子，才是最重要的事情。有些事情保姆做不了，特別是帶孩子，科學餵養很重要。」

「問題是，陳圓需要的醫療服務，我媽媽年齡大了，而且也只會做飯什麼，也許還真是不合適。都怪我，是我沒想周全。」童瑤說道，很認真的神情。

我覺得這也是具體問題，於是，也就不再多說什麼了。

不過，我心裏還是很感謝童瑤的，至少她聽說我遇到困難以後，第一時間就想到把她母親叫來幫我。雖然她的性子急了些，考慮得不是那麼周到，但是，她的這份心確實令人感動。其實，我自己也一樣沒考慮周全，因為我很著急。

一個人在著急的時候，往往會考慮不周全，這是必然的。比如我自己。

在蘇華離開後，我首先想到的是誰來接替她的問題，因為我確實需要一些時間去做我自己的事情。

現在，我忽然有了一個想法：是不是應該把陳圓送回醫院裏去？

醫院裏面可以讓她得到應有的醫療服務，我也沒必要天天擔心對她的護理是不是到位的問題。不過，這件事情我一直在猶豫，不是因為醫療費用的問題，而是在醫院裏面，很容易出現交叉感染。

醫院是一個非常特殊的地方，無論平常的消毒做得再好，那裏總是各種細菌、病毒的集合地。我不止一次想起陳圓第一次住院時出現褥瘡的情況，所以，我還是猶豫了。

至少直到現在，她身體都還是比較健康的，沒有出現褥瘡的狀況。這顯然和蘇華對她細心的護理有著極大的關係。

所以，現在看來，我還是得找一位醫生來護理她最合適。

今天，我發現童瑤有心事，因為她不住地在喝酒。

我拿了一瓶茅臺出來，不到半小時，她一個人就喝下去半瓶。

她母親看了她幾眼後，欲言又止，隨即用求助的眼神來看我。

我端起酒杯與她碰了一下，隨即問她道：「童瑤，你今天怎麼啦？有心事？遇到什麼不愉快的事情了？」

「喝酒，別問。」她說。

我一怔，隨即又去和她碰杯，「我知道了，還是為了方強的事情。」

她不說話。

我頓時笑了起來，因為我知道自己猜對了。

童瑤的母親來看我，我朝她微微搖了搖頭，隨即對童瑤道：「上次我和他接觸，雖然時間很短，但我覺得，他還是很真誠的一個人。所以，我經常想，是不是你和他之間有什麼誤會？你是員警，應該知道這樣的情況：有時候，我們親眼看到的或者聽到的，不一定就是真相。這和我們醫生看病一樣，明明從症狀上看是某種疾病，可是最終的結果卻截然不同。所以啊，童瑤，我覺得你應該給他一個機會，讓他當面向你好好解釋一下。」

「我給了他機會的，但是，他卻解釋不了。」她歎息著說，神情黯然。

我看著她，「其實你很喜歡他，是不是？你們員警之間的事情，我不好過問。也許他現在確實拿不出證據來向你解釋，但是，你想過沒有？是否應該給他另外一個機會？」我說道。

「什麼另外的機會？」她問我。

我看著她笑。

我不禁覺得好笑，因為我想不到，當員警的也會有思維盲區。

她瞪了我一眼，「別賣關子，有什麼就直說。」

我頓時笑了起來，「還別說，這件事情，我不賣關子還不行呢。不然的話，說不清楚。」

她再次瞪了我一眼，「你這人，越說你反倒越得意了。不過，聽你剛才說的話，好像很有道理。但有一點我很不明白，既然你那麼明白，怎麼自己遇上事情反倒糊塗了？」

我詫異地問她道：「你說說，我哪樣事情是糊塗的？」

「你整天錦衣玉食的，難道就從來不覺得心慌？竟然每天都過得心安理得？」她問我道。

我看著她笑，「童瑤，我真不知道你是怎麼想的，現在都什麼年代了？黨的政策是允許一部分人先富起來，你怎麼還是那種大鍋飯、越窮越光榮的思想？童瑤，你的思想很危險呢，你知道你這叫什麼嗎？」

這下，她反倒愕然了。

我正準備回答，卻見她朝我做了一個止住的手勢，「兩個問題一併說了，我懶得聽你嘮叨。」

「我吃好了，你們慢慢聊。阿姨，我們去洗碗。」這時候，童瑤的母親忽然說了一句。

「迴避吧，你們在這裏，馮笑拘束。」童瑤笑道。

我哭笑不得，「我拘束什麼啊？這可是我的家呢。你們別走，再吃點。阿姨，您別聽童瑤的，今天您可是客人，總得吃飽是吧？」

「好事情都被你一個人做完了，壞事情都是我的了。」童瑤笑道。可能是喝了酒的緣故，她的笑顯得有些誇張。

「我吃好了，真的吃好了。」童瑤的母親笑道。保姆已經站了起來，「我也吃好了。」

我看著童瑤，苦笑道：「你看，我們不就說很正常的事情嗎？幹嗎把她們攆走？」

童瑤的母親和保姆笑著離開了。

童瑤對我說道：「我可沒有攆她們，是她們自己說要走的。」隨即，她的聲音小了下來，「馮笑，說實話，我不想讓我媽媽聽到我們的談話。你知道嗎？就是剛才你說的那幾句話，已經夠她回去嘮叨我一晚上了。」

「那是你媽媽關心你、愛護你。」我說，心裏頓時想起了導師來。

忽然，我意識到今天阿珠沒在。

於是，我急忙大聲地朝廚房的方向問道：「阿姨，阿珠還在睡覺嗎？怎麼不叫她吃飯？」

「我馬上去叫她。吃飯前我叫了她的，她說她想睡一會兒再吃飯。」保姆說。

「馮笑，看來你太不關心你這個小師妹了，我還以為今天她不在呢。」童瑤批評我說。

「不是，今天蘇華離開了，她……呵呵！當時我一著急，就說了她幾句。後來，我一直在忙，然後你們就來了，完全把她給忘了。」我解釋道，隨即把今天的事情對她講了一遍，我心裏很歉意。

「你應該原諒人家，戀愛中的女孩，總是會忘記周圍的一切。」童瑤說。

「是啊，我當時還不是著急嗎？」我說，「好了，不說她的事情了。你看，她還是那麼不懂事，上次你幫了她那麼多，聽到你的聲音，應該馬上來陪你才是。」

「可能她身體不舒服吧，我不會像你那樣斤斤計較的。」童瑤說。

我搖頭，「不是我斤斤計較，這是最起碼的禮貌。」

「別說了，你趕快回答我前面的那兩個問題。需不需要我提醒你？」她笑著對我說道。

這時候，保姆出來了，「阿珠說，她今天不想吃飯。」

我看著童瑤苦笑，「肯定是在生我的氣。」

「你快回答，一會兒我去勸勸她。」童瑤說道，隨即歎息，「你呀，自己老婆孩子的事情一大堆，現在又攤上阿珠的事情，真夠累的，你！」

我苦笑，「我也是沒辦法。不然怎麼辦？不可能不管她啊？誰讓我是她師兄呢？」

她端起酒杯在喝酒，我也喝了一杯，隨即說道：「第一個問題，童瑤，我說你的思想有問題，因為你好像有些仇富的情緒。如果你是一般老百姓也就罷了，但你是員警，這樣就很危險了。因為你這樣的思想，很容易造成你覺得有錢人的錢都來得不乾淨，就會總是戴著有色眼鏡去看有錢人。這樣的話，很可能會搞出一些不必要的麻煩來。你說是不是？」

她看著我，「馮笑，你這話是什麼意思？」

我發現她忽然變得嚴肅起來了，於是急忙地道：「童瑤，你別生氣，我也沒說什麼，只是提醒你今後千萬不要這樣了。」

「是嗎？」她看著我問，雙眼緊緊盯著我。

我發現她的眼神有些可怕，彷彿要看穿我心底似的，「童瑤，幹嗎這樣看著我？我說的是真話。因為你是員警，而且還是刑警，所以，我覺得你應該公平公正地去對待每一件事情。對有錢人，也不應該先入為主地覺得他們有問題。這樣的話，你不但給了別人機會，也給了自己一個機會，你說，是不是這樣？」

她頓時呆住了。

一會兒後，她才歎息道：「馮笑，我不喝酒了。」

我看著她，柔聲地說：「你是女性，少喝點好。」

她搖頭，「你說得很對，也許是我錯了。」

我看著她笑，「童瑤，你知道我為什麼覺得方強是一個好人嗎？因為我接觸了方強之後，發現他這個人的本質也是很簡單的。雖然他不能把有些具體事情告訴我，但是，他可以當著我的面表示他對我的不滿，這說明他心裏很坦蕩，也說明他是真心喜歡你的。當然，這只是我個人的感覺。我想，你應該比我更瞭解他。對了，他還對我說了，他去當高速公路員警，不僅僅是為了錢。我想，你應該換位思考一下：假如你是他的話，會怎麼做？如果你這樣去想，或許就什麼都明白了。」

她站了起來，「我回去了，謝謝你。」

「再吃點東西吧。」我說，絕不是虛情假意，因為我發現她今天晚上很少吃東西，幾乎一直在喝酒。

「不了，馮笑，你……算了，我不說你了，不然你又說我仇富了。唉！」

我不禁苦笑。

她卻跑到廚房把她母親叫出來，隨即就離開了我的家，也忘記了前面承諾的要勸阿珠的事情。

我把她們倆送到了門外，再次感謝她母親的好意，同時也再次道歉。

童瑤上電梯前對我說了一句：「馮笑，如果有適合我媽媽的工作，你告訴我一聲好嗎？我知道你有辦法的。」

我連聲答應。

回到飯桌上後，我準備再吃點東西，忽然想起阿珠還沒吃飯，於是對保姆說道：「麻煩您把飯菜熱一下，我去叫阿珠起來。一會兒我也還要再吃點。」

她連聲答應著，隨後問我道：「姑爺，你是不是不想要我在你家裏做了？」

我一怔，頓時知道她聽見前面我和童瑤母親說的話了。

我搖頭道：「怎麼會呢？阿姨，你做得這麼好，我不可能不要你的。我還準備給你加工資呢，你的待遇太低了。」

她的臉上頓時堆滿了笑。

現在我發現，其實施予也是一種令人愉快的事情。

於是，我心情舒暢地去到阿珠的房間敲門。

裏面即刻傳來了她的聲音，「別來吵我，讓我再睡一會兒，你好煩啊……」她的聲音裏面透出一種極不耐煩，有些像小孩子生氣一樣。

我早就不生氣了，所以覺得自己好像有了一種長輩的責任。

於是，我竭力讓自己的聲音充滿柔性，「阿珠，快起來吃飯吧，我也還沒吃完呢。」

「我不吃！」她的聲音卻忽然變得硬梆梆的，更像小孩子發脾氣的狀態了。

「你是不是身體不舒服？」我問道。

她卻沒有回答我。

我伸出手拉開門把手，「阿珠，我進來了啊，你鎖門了嗎？」

她依然不說話……門，竟然是開著的。

我輕輕將門推開，發現裏面的燈也是亮著的。阿珠躺在床上，我看不到她的臉，因為她的臉用被子包裹著。

我不禁覺得好笑。很明顯，她根本就沒睡著。

我看著床上隆起的被子，「阿珠，別裝了，你不是剛才還在和我說話嗎？」

「我睡著了。」她說，在被子裏面甕聲甕氣的。

我聽出她聲音裏調皮的語氣，頓時笑了起來，「原來我是在和一個說夢話的人說話。」

「馮笑，你討厭！」她猛地揭開了被子，漂亮的臉頓時出現在了我的面前。

「好啦，快起來了，醒著睡覺很容易感冒的。快點啊。」我說，隨即準備出去。

「馮笑……」她卻叫住了我。

我看著她，「怎麼啦？」

「對不起。」她輕聲對我說了一句。

我歎息，「沒事。蘇華離開是遲早的事情，其實我心裏知道。只不過，我沒想到她的決定來得這麼突然，所以有些措手不及。阿珠，今天我不該怪你，現在我向你道歉。」

「不，是我不好。」她依然輕聲地道，「所以，我現在心裏很難受。我住在你家裏，不但不能替你分擔什麼事情，反而給你添麻煩，我心裏也覺得很難受。有時候，我真恨我自己。」

我看著她，用柔和的目光，「阿珠，你能夠認識到自己的不足，我心裏很高興，這說明你成熟了不少。我想，如果你媽媽看到你現在這樣子的話，心裏也會很高興的。哦，對了，你現在還有幻覺嗎？」

「少很多了，幾乎看不到她了。不過，做夢的時候還經常有她。」她說。

「這很正常。」我安慰她說，心裏更加高興了，「阿珠，你是學醫的，應該知道做夢是發生在我們的淺睡眠裏。我想，今後只要你養成有規律深睡眠的話，生活就會恢復正常了。」

「可是我剛才心裏很難受。我看著你責怪我的樣子，心裏就更加難受了。本來我想離開你家裏，但是又發現自己找不到地方可以去。」她說，神情黯然。

「以前我不讓你住我這裏，是因為我希望你能夠獨立，現在的情況不同了，你想住這裏就住在這裏吧。呵呵！今後你要嫁人的話，我把你當親妹子一樣給你辦嫁妝，然後，體體面面地把你從我家裏嫁出去。」我笑著說。

「我才不嫁人呢。」她嬌羞地道。

「阿珠，你喜歡宮一朗是不是？」隨即，我直接問她道。

她的臉更紅了，卻不回答我的問題。

我覺得她可愛極了，「阿珠，既然你喜歡他的話，那你告訴他你的意思沒有？你要知道，現在的好男人可不好找，萬一宮一朗被其他的女孩子喜歡上了的話，你要後悔可就來不及啦。」

說。

「我怎麼好意思問他呢？這樣的事情，應該你們男人先說吧？」她羞紅著臉

我笑道：「那也不一定，這樣的事情，誰規定就必須由男人先說出來？我覺得，只要你覺得對方值得，你主動說就可以了。阿珠，你說是嗎？」

「可是，一般都是男生先說的啊？」她扭捏地道。

我大笑了起來，「特殊情況特殊對待嘛。剛才我說了，只要你覺得值得。況且，即使你主動說了，今後你們倆真的在一起了，難道還找不到機會修理他？是不是？哈哈！」

「馮笑，你討厭！」她大聲地道，同時將她頭下的枕頭朝我扔了過來。

我大笑著抓住朝我飛過來的這只枕頭，扔回到她的床上，「快點起來啊，我等你吃飯。」

阿珠明顯是餓壞了，完全處於狼吞虎嚥的狀態。

我看著她笑。

「你們喝酒了？」她問我道。

「你知道童警官來了？」我問她道，還是忍不住想要責怪她。

「開始的時候，我真的睡著了，她走的時候我才聽到她的聲音。但是我不好意思起來。馮笑，你真好，如果你不來哄我的話，我都不知道是不是該餓到明天去。」她說，看我的眼神也是感激的。

我輕輕敲了敲筷子，「阿珠，看著我。」

她詫異地來看我，「幹嗎？」

「阿珠，我把你當親妹妹看待，所以，也希望你能把我也當親哥哥看。所以，我們之間不應該這樣。比如今天，即使我責怪了你，即使我錯了，你也不應該一直生我的氣，或者覺得不好意思來面對我。你這樣的做法，說到底還是你心裏在對我見外。你說，是不是這樣？你想想，以前你在自己家裏，兄妹之間哪裏會這樣？所以阿珠，我希望你今後不要再這樣了，好嗎？」我真摯地對她說。

她點頭，隨即笑道：「馮笑，你說起話來，像我以前的初中班主任老師一樣。蠻嚴肅的。不過，你的話很對。」

我哭笑不得。

她「咯咯」地笑，「而且，我發現你的眼神怪怪的。」

我頓時愕然，「什麼怪怪的？」

「我覺得你的眼神裏，有一種女性的溫柔。」她說，隨即又笑。

我再次哭笑不得，「阿珠，我可是男人。你別這樣說，你要知道，我可是婦產科醫生，很多人說，男人做這一行時間久了，會朝女性化方向發展，你別嚇我啊？」

「我開玩笑的。」她笑著說，「不過，馮笑，你剛才說的我曾經也聽別人說過。你想過沒有，怎麼做才不會變成和女人一樣？」

我覺得有些不高興，「別說了。」

「嘻嘻！你教育別人的時候很過癮是吧？說到你自己了，就不高興啦？」她笑道，可能是發現我的臉色越來越難看了，於是急忙又道：「馮笑，你別生氣，我是開玩笑的。你還是男人呢，怎麼這麼小氣？我沒其他什麼意思，只是想給你提供幾條建議。」

「什麼建議？」這下輪到我好奇了。

她放下了筷子，嚴肅地對我說道：「第一，我決定從現在開始，經常氣你。這樣的話，才會讓你變得大度起來，永遠不會像我們女人一樣小氣。怎麼樣？從今往後，你可不能動不動就朝我冒火哦？」

我這才知道，她是開玩笑的，於是也笑道：「好，即使今後被你氣得吐血，我也不朝你冒火就是。」

她大笑，「第二，你要每天親你老婆幾次，這樣的話，才會讓你記住自己是男人，是有老婆的男人。」

我頓時黯然，「阿珠，別拿陳圓來開玩笑，好嗎？」

她卻說：「我沒有和你開玩笑，包括前面說的，我都是很認真的。」

我頓時怔住了，歎息了一聲後，才說道：「好吧，我接受你的建議。」

「第三，」她隨後看著我，又說道，「今後，你在我面前說事情的時候，應該直截了當，不要婆婆媽媽，要養成簡單的習慣。」

「你！」我頓時不高興起來。

她卻用手指指著我，「馮笑，別生氣！你剛才答應了我的！」

我頓時怔住了，隨即苦笑，「好吧，我聽你的。」

她點頭，「這還差不多。第四……」

我急忙打斷了她，「怎麼還有？」

「別打斷我的話。你是男人，更應該成為一個有禮貌、像紳士一樣的男人。」

她說，隨即壓低了聲音，「馮笑，陳圓現在這個樣子，你的性生活怎麼解決的？這很重要啊。」

不等她說完，我急忙打斷了她的話，嚴肅地對她說道：「阿珠，你越來越不像話了啊？怎麼說這樣的事情？要知道，你可是女孩子，還沒結婚的女孩子。」

「我們都是學醫的，什麼事情不可以說啊？我是還沒有結過婚，而且還是處女呢。怎麼啦？我們探討的是醫學問題，很嚴肅的科學問題。馮笑，你不要想歪了好不好？」她卻嚴肅地對我說。

我頓時啞口無言。

我心裏明白：她還是個小女孩，說話沒有分寸，太隨意了。

我拿起酒瓶，感覺裏面還有一點酒，便倒進自己的杯子裏喝下，然後笑著對她說：「好，你說吧，繼續說吧。」

「咦？好像剛才是我在問你吧？」她說道，隨即壓低了聲音，「好像是我在問你，你的性生活要怎麼解決是吧？」

我不知道該怎麼回答她，「阿珠，我可不可以不回答你的這個問題？」

「必須回答。」她嚴肅地道，隨即來看我。

這時候，保姆出來了。

阿珠看了我一眼後，問道：「你吃好了沒有？」

我點頭，心裏頓時鬆了一口氣，同時感謝保姆出來得正是時候。

可是，讓我想不到的是，阿珠卻拉住了我的手，「那好，我們去書房討論問題。」

我很想掙脫她的手，但卻被她拽得緊緊的。

我看著她，「阿珠，別調皮了，今天到此為止吧。我馬上要給孩子換尿片、餵牛奶了。」

然而，這時候，保姆卻接了一句話，「姑爺，你們去說事情吧，我去做那些事。」

我頓時目瞪口呆。

阿珠大笑了起來，「馮笑，你看，這下沒理由了吧？阿姨，謝謝你啊。」

她說完後又開始用力地拽我，我不好在保姆面前多說什麼，也不想和阿珠拉拉扯扯的，於是只好跟著她進到了書房裏面。

阿珠把書房的門關上了，轉身朝我笑，「繼續。」

我有些扭捏，「繼續什麼啊？」

「老實交代啊。說吧，你老老實實地說，我絕不笑話你。」她對我說道。

但是，我卻看到，她正在極力地忍著她的笑意。

她的臉開始變得緋紅，「馮笑，我終於相信你在外面很花心了。」

我沒想到她會這樣說，急忙地道：「阿珠，我對你可從沒動過壞心思啊……」

她搖頭，「我知道。馮笑，童警官也是你的女人吧？其中的一個？我知道蘇華和莊晴都是。現在，她們兩個都走了，你是不是要把童警官叫到你家裏來住？如果你覺得我住在這裏不方便的話，我可以去租房子的。」

我不知道她是怎麼知道我和蘇華的關係的，現在聽她這樣說，我即刻嚴肅地對她說道：「阿珠，你別胡說。我和童警官是朋友，僅僅是朋友。你這樣說我倒無所謂，但是，我不能容忍你這樣說童警官，因為你的話對她是一種褻瀆。你明白嗎？」

她看著我，在點頭，「我相信你。」

我頓時高興起來，「阿珠，雖然我有時候很壞，但是，還沒壞到你想像的那樣。而且，童警官是一位值得尊敬的女性，她曾經無私地幫助過我，也幫助過你。你要記住這一點。明白嗎？」

她點頭，隨即便笑了起來，「我現在明白了，你和童警官的關係很純潔。」

我笑道：「本來就是這樣的。」

她依然在笑，「這樣說來，你和蘇華，還有莊晴，是有那種關係了？我猜得沒錯吧。」

上當了！我心裏頓時明白了。

她「哈哈」大笑。

我有些惱羞成怒，「阿珠，這是我的私生活，你幹嗎這麼好奇呢？」

「別生氣。」她卻依然笑道，「我的私生活，你不也很好奇嗎？這是我對你的關心。就如同你關心我一樣。你不是說了嗎，我們要像親兄妹一樣相處下去，那麼，你的私生活，我也應該知道，是不是？不然的話，我今後怎麼關心你？」

我哭笑不得，「拜託，這些事情，我不需要你關心。我自己知道如何處理。」

她在我身後大笑。

讓我想不到的是，第二天，她竟然真的做出了一件讓我目瞪口呆的事情來。

出了書房後，我隨即去到洗漱間做睡覺前的準備工作。

可是，阿珠卻不讓我閑著，她就站在洗漱間門口，與我說話。

「我走了，去醫生家裏。」她說。

「好吧，你去吧。早點回來。」我吩咐她道。

「算了，我不去了，太晚了。我覺得自己好多了。」她卻又道。

「必須堅持。你已經知道自己的問題了，就更需要堅持才對。」我說。

「那你到時候來接我。」她還在外面，賴著沒離開。

「我馬上上床看書，可能不知不覺就睡著了。阿珠，你來去都搭車吧，不會有什麼危險的。或者你把阿姨叫上，你們一起去吧。」我說。

「你不來接我也可以，不過，你要答應我一件事情。」她說道。

「說吧。」我已經蹲在了馬桶上，心裏彆扭得慌。

「明天，你幫我問問宮一朗，問他有女朋友沒有？」她說，聲音很小。

我有些詫異了，「蘇華不是問過了嗎？她說宮一朗還沒有女朋友呢。」

「他那麼優秀，我不相信。」她說。

我頓時笑了起來，「如果他說，他已經有女朋友了呢？那你準備怎麼辦？」

她在外面不說話。

我頓時覺得自己的猜測讓她難受了，於是急忙道：「阿珠，我倒是覺得，你應該主動出擊。即使他有了女朋友也無所謂，只要他還沒有結婚，你就有機會。對於你來說，這是一次難得的機會，因為你喜歡他，對他來講，也多了一種選擇，他可以再考慮一下，誰對他更合適。」

「萬一，他腳踏兩隻船呢？」她終於說話了。

我頓時怔住了，想了想，我說道：「好吧，我明天幫你問問。我晚點去上班就是。」

她這才離開了洗漱間。

不多久，我聽到她開門出去的聲音。聽腳步聲，她是獨自出門的。

我心裏卻開始為難起來：明天，該怎麼去對宮一朗說呢？

隔天起床後，我特意晚些去醫院。我是科室主任，在沒有門診和手術的情況下，可以自由安排自己的時間。而且，醫科大學那邊還沒有開學。即使開學了，我也只有一次大課，因為我只負責教授《婦產科總論》。

早已經備好了課，所以，我一點也不著急。

阿珠離開的時候問了我一句，「你怎麼還不走啊？」

我看著她笑，「你不是給我安排了任務嗎？」

她的臉頓時紅了，轉身出門。

我心裏暗暗覺得好笑：這丫頭好像真的動情了。

正苦笑著搖頭，卻聽見敲門聲。

這麼快就來了？那他們兩個豈不是見過了？這個阿珠也真是的，既然這樣，幹嗎還非得要我幫她問啊？

急忙去開門，我詫異地發現，門口處出現的竟然是阿珠。

「幹嗎？」我問她道。

「有消息後，馬上給我打電話。」她說。

「乾脆這樣，你給科室請個假，宮一朗馬上就要來了，你自己跟他說好了。」

我笑著對她說。

「如果你想早點把我轟出你家，那你就該早點替我安排好今後的生活。我是你的小師妹，你答應過了的。」她說，隨即朝我做了個鬼臉。

「你……」我哭笑不得，她卻已經從門口處消失了。

我不住搖頭苦笑，「唉！就好像是我上輩子欠了她一樣。」

宮一朗是上午九點鐘準時到的，我剛剛給陳圓揩拭完身體並替她穿上衣服。

他在朝我笑，「馮醫生，今天不上班啊？」

「要上班，我在等你。」我說。

這時候，保姆準備出門，她對我說她出去買菜。

我朝她點了點頭後，隨即繼續對宮一朗說道：「我想和你談談，今天上午，你可以休息一下。」

他很高興的樣子，不過，我發現他看我的眼神有些怪異。

猛然地，我想起來了，他以前好像也用這種眼神看過我。

這時候我才忽然感覺到了一點：這個宮一朗是一個比女人還漂亮的男人，而且，他的眼神裏竟然有著女人一樣的嫵媚。

讓我更感不可思議的是，他那雙眼睛，竟然清澈明亮得讓人捨不得移開目光。

我絕不承認自己是被他的眼神吸引了，或者說是被迷惑了。我只是詫異，甚至還有些震驚。

他依然在朝我笑，「馮醫生，你說吧。」

讓我忽然感到有些噁心的是，他的聲音裏，竟然還帶著一種溫柔。另外，他的神態也很扭捏的樣子。

我彷彿想到了什麼，頓時不知道該怎麼和他談下去了，「這個……蘇華以前好像問過你，她是問你有沒有交女朋友的事情吧？」

「我回答過她，不過，我是騙她的，因為我有女朋友，而且還不止一個。」他回答說。

他的回答不但沒讓我感到失望，反而讓我放心了不少。因為剛才他給我的感覺，讓我非常的噁心與難受，說實在的，我差點就把他當成那種類型的人了。

「哦，我知道了。呵呵！沒事了，你現在可以彈琴了。」我說，一邊心想，阿珠真命苦，怎麼喜歡上了一個花花公子了？雖然我對阿珠說過，只要宮一朗沒有結婚，她就有機會，但我發現，至少現在，連我自己都不能接受這種說法了。

可是，他卻沒有即刻去到鋼琴處，而是依然站在我面前，「馮醫生，你不是說要找我談談嗎？其實，我也一直想找你談談的，但是，我發現你一直很忙。」

我很詫異，「哦？你想找我談什麼？這樣，我們去沙發處坐下慢慢談。對了，你喜歡喝什麼茶？」

「隨便吧，你泡什麼茶，我就喝什麼茶好了。」他說。

隨即，我給他泡了一杯龍井，同時也給自己泡了一杯。

「說吧，你有什麼想法？」我坐下後，微笑地看著他問道。

「你對你妻子真好。」他說。

「她受過很多苦，我對不起她。」我歎息著說。

「你是婦產科醫生？」他問。

我點頭，「我妻子曾經是我的病人。」

「聽說婦產科裏面的男醫生，都不會真正喜歡女人？甚至還會變得女性化？」

他問道，「對不起，馮醫生，我只是好奇。」

我苦笑，「這樣的問題不止一個人問我了。我的回答是，不，不是這樣的。我是男人，這一點我很清楚。」

「那麼，你會因為天天看女人，而對她們產生厭倦嗎？」他又問道。

我覺得他的問題有些讓我不可接受，但是他畢竟是我請來的琴師，於是，還是認真地回答了他的這個問題，「看病是看病，生活是生活，可能會有些影響，但目前我沒有感覺到。」

「我感覺到了。」他說，「我發現你家裏住著的都是漂亮女人，但是，你對她們都有距離感。」

我頓時笑了起來，「那得看是誰？你說的是蘇華和阿珠吧？她們都是我的朋友。」

他搖頭，「不，你對她們很客氣，完全沒有男人對女人那樣的感覺。我看得出來。我從來都相信一點，真正的男人在漂亮女人面前是裝不出那種純潔來的。因為欲望是發自一個人骨髓裏面的東西。」

我覺得這個人有些奇怪，但卻不想和他繼續討論這個問題了，於是我笑道：「是嗎？我們別說這個了。我很感謝你每天能堅持按時來我家裏彈琴，如果你有什麼要求的話，隨時向我提出來好了。」

「其實，馮醫生，如果我跟你說我並不需要錢，你相信嗎？」他忽然地說道。

「哦？那我就更要感謝你了。」我說。

「我們第一次談價錢的時候，我不想讓你懷疑我到你家裏來彈琴的目的，所以還和你討價還價。但是今天，我可以告訴你，我答應到你家裏來彈琴，是因為其他的原因。」他說道。

我頓時詫異起來，「啊？那你是為了什麼？」

這一刻，我心裏忽然想道：難道他是因為蘇華，或者因為阿珠，才答應了這件事情的？

「馮醫生，其實，當我看見你第一眼的時候，就被你迷住了。當我知道你是婦產科醫生之後，心裏很高興，而且，當我看見你的妻子處於這樣的情況，而你又對其他女人沒興趣時，就知道我們應該是一類人了。馮醫生，你可以喜歡我嗎？請你相信我，我比女人更女人，我會給你不一樣的感受的。」

我一直沒有打斷他的話，不是我認真在聽，更不是我真的出現了不正常的情況，而是我震驚了，震驚得甚至忘記了噁心。

我想不到，傳說中的同性戀竟然就在自己面前，而且，他對我說的話，竟然是如此的動情和大膽。

他忽然抓住了我的手。

我急忙揮開了，「宮一朗，你錯了，我不是你認為的那樣的人，我的性取向很正常。不過，我不會干涉別人的生活方式。對不起，既然你不是為了錢才到我家裏來彈琴的，那你從今天開始，可以結束這份工作了，我馬上給你結清費用。」

「你不但喜歡女人，也會喜歡像我這樣的男人。你明白嗎？可能你自己現在還不知道。馮哥，我身邊就有好幾個漂亮女人，她們都很漂亮，我可以把她們都讓給你，只要你和我好就行。」他說道，眼裏帶著哀求。

我噁心欲吐，背上全是雞皮疙瘩，不過，我不好發作，因為從我對他這類人群的有限認識看來，他們往往都不大正常，至少和正常人有些不大一樣。

於是，我說道：「小宮，我說了，我理解你，也尊重你的私密生活，但是，請你不要強迫我好不好？請你也尊重我的生活。還有，今天的事情，我不會對別人講的，請你走吧，這是你應得的報酬。」

我把錢放在桌上，隨即站了起來，逐客的意圖很明顯。

他歎息了一聲，然後從茶几上拿起了錢，「馮醫生，其實你錯了。我雖然不喜歡女人，但卻並不在乎別人怎麼看我，我也並不覺得自己有什麼不正常。說實話，阿珠喜歡我的事情我完全知道，也知道你今天其實是想對我說她的事情。這件事情蘇醫生曾經問過我。我也是看在你的面上，才沒有去傷害她。我並不喜歡她，幹嗎要去傷害她呢？你說是不是？馮醫生，我走了，如果有一天，你發現自己其實還是很喜歡我的話，你隨時可以來找我，我很癡情的。」

我越發感到噁心，根本就不想和他說話了，只是朝著他擺手，心裏希望他早些離開。

他離開了，離開前還朝我嫵媚地笑了一下。

大門被他拉過去後，我快速跑到了廁所裏，早上吃的東西被我完全徹底地傾瀉到了馬桶裏。

有時候，口頭上說尊重別人的生活，但真正要做到，並不是一件容易的事情。他竟然說我內心裏喜歡男人，我覺得這個人真的有些可笑。也許他和其他很多人一樣，對我這樣一個男性婦產科醫生有著很大的誤解。

可是，這件事情讓我如何去向阿珠說呢？

今天，科室裏沒有什麼事情，但我卻發現，自己有些焦躁不安，幾次拿起電話準備給阿珠撥打，但最終都歎息著放下了。

晚上再說吧，不管怎麼說，這樣的情況總比向她解釋說宮一朗是花花公子要容易一些。我只好這樣對自己說道。

其實我自己也知道，問題的關鍵不是如何向她解釋，而是如何讓阿珠接受這個現實。

所以，我不住感歎：阿珠啊，你怎麼這麼命苦啊？以前你喜歡上了一個有夫之婦，而且，還是一個花心的有夫之婦，而這次，你竟然又喜歡上了一個有著不同性取向的男人。

正歎息間，我忽然聽到手機在響，我的第一感覺是阿珠打來的。但我拿起來一看，卻發現手機上閃爍的是康得茂的名字。

「中午一起吃頓飯。」他說。

「大秘書，怎麼？今天中午沒有公務活動？」我笑著問他道。

「老闆去北京了，我暫時清閒一下。」他說。

「好啊，說吧，想吃什麼？」我笑道，心想太好了，我也趁機清閒一下，免得再去想阿珠的事情。

「聽丁香說，你在山上弄了一處清靜的地方？我想去看看。」他笑著問我道。

「得茂，恭喜你啊，看來你和她發展得不錯啊。」我笑道。

「謝謝你這個紅娘。」他說，「我馬上開車到你們醫院，山上有吃的東西沒有？」

「那裏啥都沒有，房子外邊的菜地裏面有蔬菜，不過不是我栽的。」我笑著說，「這樣，你馬上開車過來，我去醫院旁邊的菜市場買點菜什麼的。」

「算了，我到省政府食堂裏去買點飯菜，山上可以熱這些飯菜吧？」他問我道。

「當然可以。」我說，「這樣吧，我已經餓了。你馬上開車過來，我去我們食堂買點就是。雖然沒有你們省政府的飯菜那麼好，但我覺得還不錯。」

「我們還是吃完飯再去吧。你自己去吃食堂，我也去我們的食堂吃飯，到時候，直接在你那桃花源見面。自己做太麻煩了，不就一頓飯嗎？不要搞得那麼複雜。」他卻忽然笑了起來。

我想也是，不就一頓午飯嗎？何必搞得那麼麻煩？

我完全感受到江南的春天已經來到的氣息了。我比康得茂先到，將車停靠在路邊後，朝小路走去。

我的兩側都是菜地，眼前是綠油油的一片。

一陣微風吹過，我頓時感覺到了寒冷，但是，卻發現眼前不遠處一棵大樹在隨風搖曳，彷彿是在抖動它的身體，更好像剛剛從冬的睡眠中醒來，如同我們人類一樣，正在舒展它的筋骨。

耳邊忽然聽到了汽車的轟鳴聲，我隨即朝山下看去，只見一輛黑色的轎車正在蜿蜒而上。我可以肯定，這輛車裏面肯定是康得茂。

果然是他。他親自駕的車，是一輛奧迪。很漂亮的一輛車，被人們無形中視為官車，不過我卻聽說，奧迪的車尾是仿照德國最漂亮女人的臀部設計的。

奧迪車的車尾似乎確實有著優美的線條。

康得茂下車了，他站在那裏看著我笑，「哈哈！馮笑，我很羨慕你，也很佩服你。我看，也只有你才有這樣的閒心，到這樣的地方來尋找這樣一處清閒之地。」

我也笑，「怎麼樣？你覺得怎麼樣？」

「我們進去看看，位置我覺得不錯，既遠離城市又靠近城市。很好。」他朝我走了過來，隨即，我們倆一起朝石屋處走去。

很快，我們就站在了石屋的前面，他雙手叉腰，「馮笑，這地方真不錯，要是夏天來就好了。可惜，現在你這裏的竹子和樹木都還沒長起來。」

我笑道：「是啊，若是夏天就好了。」

隨即帶著他進屋。

他在屋裏面轉悠了一圈，「確實不錯。不過，我給你提兩個建議。」

「好啊，你說。」我笑道。

「第一，你最好修一條小路進來，能夠硬化更好。車停在外面一是不安全，二是別人一看就知道你在這地方，可能你想清閒都做不到呢。」他說。

「有道理。」我深以為然。

「第二，你要考慮冬天的問題。夏天這地方肯定涼快，可以不用考慮空調的問題。但是冬天的話，這地方一定會很冷，因為現在我就有這樣的感覺。所以，你最好在這間屋子裏修個火爐什麼的，到時候去農村買些木炭來，然後，在火爐邊擺放兩張軟軟的沙發，烤著火爐蜷縮在沙發裏看書的話，一定很舒服。」他又說道。

「一個沙發就夠了。」我說。

「兩個！還有我呢?!」他大聲地道。

屋子的中央是一個漂亮的、方方正正的茶几，茶几下面的地上是一條純羊毛地毯，然後，兩隻布墊。

我和康得茂席地而坐，茶几上面已經有了我泡好的鐵觀音。茶香滿屋。

「這地方真好。」他歎息，隨即看著我笑，「馮笑，我恨你。」

我不禁也笑了，同時問他道：「你恨我什麼？」

「你這樣的地方，很消磨人的意志，我擔心自己喜歡上你這樣的地方後，會變得消極遁世了。」他搖頭苦笑著說。

我大笑，「這很簡單，今後我不讓你到這裏來就是了。」

他也大笑，「對，今後你自己一個人來好了，千萬不要叫我。」

我說：「得茂，其實丁香就是你的桃花源，你好好把握好這件事情就可以了。我是不得已，你看我現在這個樣子，雖然別人覺得我很風光的樣子，但只有我自己知道自己內心的苦悶。說實話，在我自己的那個家裏，我根本就看不進書，更別說寫論文什麼的了。對了，這次我得好好感謝丁香呢，如果不是她幫忙的話，我的論文根本就無法完成，全靠她幫我分析資料。」

「我聽說，你在搞一個大型的科研專案。怎麼？這麼快就出成果了？」他詫異地問道。從他的語氣中，我可以判斷出他應該知道丁香幫我忙的事情。對此我很高興，因為我知道，很多誤會其實都是在介意和刻意的隱瞞中產生的。

我搖頭道：「哪裏那麼快啊？才剛剛開始做動物實驗呢。今後要麻煩你未來老婆的事情多呢。」

「沒問題，你麻煩吧。到時候請我喝酒就是了。」他大笑。

我也笑，「憑什麼啊？除非你早點和她結婚。」

「你聽說過這樣的話沒有？如果婚姻是愛情的墳墓，那麼，相親就是為墳墓看風水；表白是自掘墳墓；結婚就是雙雙殉情了。唉！難道你非要我儘快和她一起殉情嗎？」他歎息道。

我再次大笑，「你這傢伙，這樣的殉情，很多人都是願意的，別這樣做出一副苦惱的樣子。」

「憑笑，其實我何嘗不願意馬上和丁香談婚論嫁啊。但是，哎，現在我遇到麻煩了。」他歎息著說。

我霍然一驚，「怎麼？你在外面還有其他的女人？或者是寧相如也想和你結婚？不會吧？她應該不是那種放不下的女人啊？」

他搖頭，「不是她，是我前妻。」

我頓時放心了，不過卻很詫異，「她還有什麼臉面來找你？」

「她最近生活上遇到了困難，孩子讀書要交贊助費，所以，她來找我了，要我每個月給她一萬塊錢。」他說。

「孩子又不是你的，你沒有這個責任和義務啊？別管她就是了。你怕什麼？又不是你犯了什麼錯。」我說。

「問題的關鍵是，她手上有我和寧相如在一起的照片。她說了，如果我不給錢的話，就把那些照片拿去給丁香看。」他說，神情黯然。

「你應該把自己以前的事情都告訴丁香。得茂，你知道嗎？兩個人的誤會，往往都是刻意隱瞞造成的。」

他點頭，「我已經告訴了丁香，她也已經原諒了我。」

我更加詫異了，「那你還擔心什麼？」

「她還說，如果我不把錢給她的話，她就會去市政府告我。馮笑，你知道的，像我這樣的身分，一旦被人反映了這樣的問題，前途可就毀了。」他說。

我想了想後說：「得茂，我覺得你目前最好辦法就是馬上和丁香結婚。你前妻的事情，領導都知道，她去告你，不會有人相信的。不過，最好是你和她好好談一次，既然她現在有困難，你也應該幫助她，不管怎麼說，她和那個孩子與你還是有感情的嘛。一個月一萬塊確實多了點，不過，你可以和她好好商量一下。」

他卻說：「馮笑，剛才我忘記給你另外一條建議了。」

「哦？你說。」我即刻笑道。

我估計他已經聽進我的話了，而且，也不願意繼續談論這個話題了。

「你這裏要是有一副圍棋就好了。」他笑著對我說道。

我一怔，隨即大笑，「有，有呢！你等等，我去拿。」

他大喜，「太好了。」

石屋裏面頓時有了我希望的那種氛圍。就我們兩個人，席地相對而坐，前方的茶几上面是圍棋，窗外時不時有飛鳥鳴叫而過，還有一壺飄香的鐵觀音。

他的棋比我下得好，無論是從佈局還是落子，都是如此。

結果我輸了，而且輸得心服口服。

「得茂，我想不到你還有這麼好的棋藝。佩服。」我將棋子一一拾回到罐子裏面，在不知不覺中，我們這盤棋竟然下了近三個小時了。

「你下得也很不錯。可能是你很久不下棋了，所以顯得有些生疏。你要知道，我每天睡覺前都是要看棋譜的。」他說。

「原來如此。」我笑著說，「不過我的水準自己知道，你確實比我下得好。」

「下棋就是這樣，兩個人的水準要旗鼓相當。你看我們這盤棋下了這麼久，這本身就說明你的水準不錯，和我差不多。今後有空的話，我們再下，會很舒服。」他說。

我大笑，「有你這麼表揚自己的嗎？在表揚我的同時，卻是在表揚你自己。」

「我可不是隨便表揚我自己呢。馮笑，你不知道，我讀研究生的時候，可是人大圍棋協會的會長呢。在大學裏面，我罕見敵手。現在你應該知道你的水準了吧？」他大笑著說。

我頓時也高興起來，「這麼說來，我的水準還是不錯的？」

他卻苦笑著搖頭道：「馮笑，今後我不想來這裏都不行了，你這地方對我太具有誘惑力了。」

我笑道：「得茂，如果你真的喜歡這裏的話，我就把它送給你好了。」

「君子不奪人之美，今後我有空到你這裏來坐坐就是。」他搖頭道，隨即看了看時間，「晚上我還有個接待。馮笑，今天我太高興啦。」

「好吧，我也回家，我也有事情。」我說，心裏想的是阿珠的事情。

隨後我去找了村長，把修路的事情給他講了，還給他留下了一萬塊錢。

他向我保證說，一周之內完成任務。

在下山的時候，我心裏不住在想：阿珠沒有主動給我打電話，這說明她已經估計到結果了。

當我走到家門口時，心裏才最後拿定主意：實話告訴她吧，隱瞞毫無意義。

可是進屋後，卻發現阿珠不在家裏，急忙去問保姆。

「她沒回來過。」保姆說。

我心裏暗暗著急，即刻給阿珠打電話。

電話通了，阿珠對我說：「我在你們醫院裏，正在做治療。你別說了，你一天沒給我回話，我知道結果可能是怎麼樣的了。」

「還有多久結束？我來接你，我們一起吃晚飯。」我柔聲地對她說道。

她不說話。

「我馬上來。」我知道她是默許了。

到醫院大門的時候就看見她了，她獨自一個人站著大門前面不遠處，夜色下她的秀髮在隨風而動，我越發覺得她楚楚可憐。

「阿珠……」我叫了她一聲，輕輕地。

「我想去喝酒，不想回去。」她說。

我柔聲地對她說道：「好吧，我們去喝酒。」

在一家中檔酒樓坐下後，我即刻點好了菜，然後要了一瓶紅酒。說實話，我不想阿珠喝醉。不過還好的是，她並沒有要求喝白酒。

「來，阿珠，我敬你。事情雖然出現了變化，但我覺得是好事情。」我開始朝她舉杯。

「馮笑，你不用安慰我了，我知道你是想安慰我。其實今天我一直在想，我覺得自己這輩子，可能感情會一直不順，所以也就想通了，乾脆就一個人這樣過一輩子算了。我不會像上次那樣了。」她說，臉上卻是淒苦的笑。

我頓時笑了起來，「阿珠，你才多大啊？怎麼就說一輩子的事情了？其實你自己到現在都還沒有想明白自己的問題。第一次你犯下了一個不該犯的錯，因為你根本就不瞭解那個男人。這一次你又錯了，因為你喜歡上的並不是一個男人。」

她瞪大雙眼看著我，「難道他是女人？」

「難道是蘇華？」她問。

我笑著搖頭道：「不是。但是你知道嗎？你知道他喜歡的人是誰？」

我依然搖頭，「他喜歡的人是我。哎，別說了，我想起來都覺得噁心。」

她的雙眼瞪得溜圓，嘴巴也張得大大的，很久都合不攏。

我朝她點頭，「就是這樣。所以，你一點都不必覺得失敗。」

讓我想不到的是，她竟然哭了起來，「這怎麼不叫失敗？他是那樣的人我都沒看出來，這難道還不是失敗？」

我頓時默然，一會兒後我才對她說道：「阿珠，今後你喜歡上誰了，可以提前告訴我，我幫你鑑定鑑定。」

「喝酒。」她說。

「喝酒。來，我們乾杯。」我朝她舉杯道。

請續看《帥醫筆記》之十三　黑金現形

# 帥醫筆記 之12 官場詭譎

作者：司徒浪
發行人：陳曉林
出版所：風雲時代出版股份有限公司
地址：105台北市民生東路五段178號7樓之3
風雲書網：http://www.eastbooks.com.tw
官方部落格：http://eastbooks.pixnet.net/blog
Facebook：http://www.facebook.com/h7560949
信箱：h7560949@ms15.hinet.net
郵撥帳號：12043291
服務專線：(02)27560949
傳真專線：(02)27653799
執行主編：風雲編輯小組
美術編輯：風雲編輯小組

法律顧問：永然法律事務所 李永然律師
北辰著作權事務所 蕭雄淋律師

版權授權：蔡雷平
初版日期：2015年12月
初版二刷：2015年12月20日
ISBN：978-986-352-209-6

總 經 銷：成信文化事業股份有限公司
地　　址：新北市新店區中正路四維巷二弄2號4樓
電　　話：(02)2219-2080

行政院新聞局局版台業字第3595號 營利事業統一編號22759935
©2015 by Storm & Stress Publishing Co.Printed in Taiwan
◎ 如有缺頁或裝訂錯誤，請退回本社更換

定價：280元　特價：199元
版權所有　翻印必究

國家圖書館出版品預行編目資料

帥醫筆記／司徒浪著. -- 初版-- 臺北市：風雲時代，
2015.06 -- 冊；公分

ISBN 978-986-352-209-6（第12冊；平裝）

857.7　　104008026

風雲時代 風雲時代 風雲時代 風雲時代 風雲時代 風雲時代 風雲時代
雲時代 風雲時代 風雲時代 風雲時代 風雲時代 風雲時代 風雲時代 風雲
風雲時代 風雲時代 風雲時代 風雲時代 風雲時代 風雲時代 風雲時代
雲時代 風雲時代 風雲時代 風雲時代 風雲時代 風雲時代 風雲時代 風雲
風雲時代 風雲時代 風雲時代 風雲時代 風雲時代 風雲時代 風雲時代
雲時代 風雲時代 風雲時代 風雲時代 風雲時代 風雲時代 風雲時代 風雲
風雲時代 風雲時代 風雲時代 風雲時代 風雲時代 風雲時代 風雲時代
雲時代 風雲時代 風雲時代 風雲時代 風雲時代 風雲時代 風雲時代 風雲
風雲時代 風雲時代 風雲時代 風雲時代 風雲時代 風雲時代 風雲時代
雲時代 風雲時代 風雲時代 風雲時代 風雲時代 風雲時代 風雲時代 風雲
風雲時代 風雲時代 風雲時代 風雲時代 風雲時代 風雲時代 風雲時代
雲時代 風雲時代 風雲時代 風雲時代 風雲時代 風雲時代 風雲時代 風雲
風雲時代 風雲時代 風雲時代 風雲時代 風雲時代 風雲時代 風雲時代
雲時代 風雲時代 風雲時代 風雲時代 風雲時代 風雲時代 風雲時代 風雲
風雲時代 風雲時代 風雲時代 風雲時代 風雲時代 風雲時代 風雲時代
雲時代 風雲時代 風雲時代 風雲時代 風雲時代 風雲時代 風雲時代 風雲
風雲時代 風雲時代 風雲時代 風雲時代 風雲時代 風雲時代 風雲時代
雲時代 風雲時代 風雲時代 風雲時代 風雲時代 風雲時代 風雲時代 風雲
風雲時代 風雲時代 風雲時代 風雲時代 風雲時代 風雲時代 風雲時代
雲時代 風雲時代 風雲時代 風雲時代 風雲時代 風雲時代 風雲時代 風雲
風雲時代 風雲時代 風雲時代 風雲時代 風雲時代 風雲時代 風雲時代
雲時代 風雲時代 風雲時代 風雲時代 風雲時代 風雲時代 風雲時代 風雲
風雲時代 風雲時代 風雲時代 風雲時代 風雲時代 風雲時代 風雲時代
雲時代 風雲時代 風雲時代 風雲時代 風雲時代 風雲時代 風雲時代 風雲
風雲時代 風雲時代 風雲時代 風雲時代 風雲時代 風雲時代 風雲時代
雲時代 風雲時代 風雲時代 風雲時代 風雲時代 風雲時代 風雲時代 風雲
風雲時代 風雲時代 風雲時代 風雲時代 風雲時代 風雲時代 風雲時代
雲時代 風雲時代 風雲時代 風雲時代 風雲時代 風雲時代 風雲時代 風雲
風雲時代 風雲時代 風雲時代 風雲時代 風雲時代 風雲時代 風雲時代
雲時代 風雲時代 風雲時代 風雲時代 風雲時代 風雲時代 風雲時代 風雲
風雲時代 風雲時代 風雲時代 風雲時代 風雲時代 風雲時代 風雲時代
雲時代 風雲時代 風雲時代 風雲時代 風雲時代 風雲時代 風雲時代 風雲
風雲時代 風雲時代 風雲時代 風雲時代 風雲時代 風雲時代 風雲時代
雲時代 風雲時代 風雲時代 風雲時代 風雲時代 風雲時代 風雲時代 風雲
風雲時代 風雲時代 風雲時代 風雲時代 風雲時代 風雲時代 風雲時代
雲時代 風雲時代 風雲時代 風雲時代 風雲時代 風雲時代 風雲時代 風雲
風雲時代 風雲時代 風雲時代 風雲時代 風雲時代 風雲時代 風雲時代
雲時代 風雲時代 風雲時代 風雲時代 風雲時代 風雲時代 風雲時代 風雲
風雲時代 風雲時代 風雲時代 風雲時代 風雲時代 風雲時代 風雲時代
雲時代 風雲時代 風雲時代 風雲時代 風雲時代 風雲時代 風雲時代 風雲
風雲時代 風雲時代 風雲時代 風雲時代 風雲時代 風雲時代 風雲時代
雲時代 風雲時代 風雲時代 風雲時代 風雲時代 風雲時代 風雲時代 風雲
風雲時代 風雲時代 風雲時代 風雲時代 風雲時代 風雲時代 風雲時代

風雲時代 風雲時代 風雲時代 風雲時代 風雲時代 風雲時代 風雲時代
雲時代 風雲時代 風雲時代 風雲時代 風雲時代 風雲時代 風雲時代
風雲時代 風雲時代 風雲時代 風雲時代 風雲時代 風雲時代 風雲時代
雲時代 風雲時代 風雲時代 風雲時代 風雲時代 風雲時代 風雲時代
風雲時代 風雲時代 風雲時代 風雲時代 風雲時代 風雲時代 風雲時代
雲時代 風雲時代 風雲時代 風雲時代 風雲時代 風雲時代 風雲時代
風雲時代 風雲時代 風雲時代 風雲時代 風雲時代 風雲時代 風雲時代
雲時代 風雲時代 風雲時代 風雲時代 風雲時代 風雲時代 風雲時代
風雲時代 風雲時代 風雲時代 風雲時代 風雲時代 風雲時代 風雲時代
雲時代 風雲時代 風雲時代 風雲時代 風雲時代 風雲時代 風雲時代
風雲時代 風雲時代 風雲時代 風雲時代 風雲時代 風雲時代 風雲時代
雲時代 風雲時代 風雲時代 風雲時代 風雲時代 風雲時代 風雲時代
風雲時代 風雲時代 風雲時代 風雲時代 風雲時代 風雲時代 風雲時代
雲時代 風雲時代 風雲時代 風雲時代 風雲時代 風雲時代 風雲時代
風雲時代 風雲時代 風雲時代 風雲時代 風雲時代 風雲時代 風雲時代
雲時代 風雲時代 風雲時代 風雲時代 風雲時代 風雲時代 風雲時代
風雲時代 風雲時代 風雲時代 風雲時代 風雲時代 風雲時代 風雲時代
雲時代 風雲時代 風雲時代 風雲時代 風雲時代 風雲時代 風雲時代
風雲時代 風雲時代 風雲時代 風雲時代 風雲時代 風雲時代 風雲時代
雲時代 風雲時代 風雲時代 風雲時代 風雲時代 風雲時代 風雲時代
風雲時代 風雲時代 風雲時代 風雲時代 風雲時代 風雲時代 風雲時代
雲時代 風雲時代 風雲時代 風雲時代 風雲時代 風雲時代 風雲時代
風雲時代 風雲時代 風雲時代 風雲時代 風雲時代 風雲時代 風雲時代
雲時代 風雲時代 風雲時代 風雲時代 風雲時代 風雲時代 風雲時代
風雲時代 風雲時代 風雲時代 風雲時代 風雲時代 風雲時代 風雲時代
雲時代 風雲時代 風雲時代 風雲時代 風雲時代 風雲時代 風雲時代
風雲時代 風雲時代 風雲時代 風雲時代 風雲時代 風雲時代 風雲時代
雲時代 風雲時代 風雲時代 風雲時代 風雲時代 風雲時代 風雲時代
風雲時代 風雲時代 風雲時代 風雲時代 風雲時代 風雲時代 風雲時代
雲時代 風雲時代 風雲時代 風雲時代 風雲時代 風雲時代 風雲時代
風雲時代 風雲時代 風雲時代 風雲時代 風雲時代 風雲時代 風雲時代
雲時代 風雲時代 風雲時代 風雲時代 風雲時代 風雲時代 風雲時代
風雲時代 風雲時代 風雲時代 風雲時代 風雲時代 風雲時代 風雲時代
雲時代 風雲時代 風雲時代 風雲時代 風雲時代 風雲時代 風雲時代
風雲時代 風雲時代 風雲時代 風雲時代 風雲時代 風雲時代 風雲時代
雲時代 風雲時代 風雲時代 風雲時代 風雲時代 風雲時代 風雲時代
風雲時代 風雲時代 風雲時代 風雲時代 風雲時代 風雲時代 風雲時代
雲時代 風雲時代 風雲時代 風雲時代 風雲時代 風雲時代 風雲時代
風雲時代 風雲時代 風雲時代 風雲時代 風雲時代 風雲時代 風雲時代
雲時代 風雲時代 風雲時代 風雲時代 風雲時代 風雲時代 風雲時代
風雲時代 風雲時代 風雲時代 風雲時代 風雲時代 風雲時代 風雲時代
雲時代 風雲時代 風雲時代 風雲時代 風雲時代 風雲時代 風雲時代
風雲時代 風雲時代 風雲時代 風雲時代 風雲時代 風雲時代 風雲時代